遇见你的那一刻
就像拥有了全世界

最美的遇见在路上

Best to meet you

苏丹卿 著

中央编译出版社
Central Compilation & Translation Press

图书在版编目（CIP）数据

最美的遇见在路上 / 苏丹卿著.
—北京: 中央编译出版社，2015.10
ISBN 978-7-5117-2774-9

Ⅰ.①最…
Ⅱ.①苏…
Ⅲ.①散文集－中国－当代
Ⅳ.①I267

中国版本图书馆CIP数据核字（2015）第217158号

最美的遇见在路上

出 版 人：	刘明清
出版统筹：	董　巍
策划编辑：	黄海明
责任编辑：	曲建文
责任印制：	尹　珺
出版发行：	中央编译出版社
地　　址：	北京西城区车公庄大街乙5号鸿儒大厦B座（100044）
电　　话：	（010）52612345（总编室）　（010）52612313（编辑室） （010）52612316（发行部）　（010）52612317（网络销售） （010）52612346（馆配部）　（010）55626985（读者服务部）
传　　真：	（010）66515838
经　　销：	全国新华书店
印　　刷：	北京中科印刷有限公司
开　　本：	880毫米×1230毫米　1/32
字　　数：	100千字
印　　张：	8.5
版　　次：	2015年10月第1版第1次印刷
定　　价：	38.00元
网　　址：	www.cctphome.com　　邮　箱：cctp@cctphome.com
新浪微博：	@中央编译出版社　　微　信：中央编译出版社（ID：cctphome）
淘宝店家：	中央编译出版社直销店（http://shop108367160.taobao.com）　（010）52612349

凡有印装质量问题，本社负责调换，电话：（010）55626985

序

一个人的流浪，不必太璀璨

因为文字，因为摄影，因为旅行，我结识了一帮全国各地的文友、摄友、驴友——身边的朋友羡慕我说：真好，你去哪儿，都有朋友！

其实我想说，这样的羡慕也是我勇于向前的动力、旅行的梦想。

一个人的人生总妄想着有多璀璨、多辉煌。当然，是人，都有这样的梦想和奢望。但这样的斗志并不只是说说这么简单。它需要一种力量、勇气还有智慧。只可惜，太高尚的志气与梦想，并非我这样的普通人所能追求——我很平凡，没有电影里那些小人物的传奇人生。但我依旧有我的梦想，就是——在路上。我想用我的方式来找回那些曾经失去的、错过的。

所幸，我还有一颗不灭的"野心"。

我爱旅行，也爱创作，更爱将自己的这份"野心"告知全世界所有认识我的人，然后站在高高的山峰上，大声地告诉他们：我平凡，但有梦想；我的梦想虽渺小，但很远大。不是成就一番大事业，或开拓一片新天地，我只想行走，不断地行走——我不愿只是身体或灵魂在路上，任何一个都难以割舍。所以，我要膨胀我的野心，让身体带着灵魂，让灵魂领着身体。

看过《一个人的流浪，不必去远方》，使得我感触颇深。

但理解有所不同，我觉得一个人的流浪，其实不必太璀璨。前方有路，去哪里不重要，过得好不好是另外一回事，只要弱小的身体有着强大的心灵，灵魂便不再孤单，即使生命里没有璀璨的烟火，只要黑夜里还能看见星星，便已足够。

或许是近来在微博发的旅行文图颇多，越来越多的人开始关注我，并关注这场富有"野心"的流浪。在他们或羡慕或崇拜的言语中，我知道，其实我们有着同样的梦想和方向。只是有的人，因为胆怯而从未迈出自己的脚步，也有人因为不够勇敢而停止了行进中的步伐。

每个人都在向往。只是，很多人不明白，我出发的"野心"并非只是走走，看看，写写……

这是一辈子的事情。

曾经，一位读者给我留言，他（她）说：丹卿是一个心里装得下见识与故事的人。

对于这样的评价，我荣幸之至。但我还欠缺，欠缺着一份装得下的魄力。所以，我还在路上，从未停止。

这些年的创作灵感，多数来自于"在路上"的所见所闻。我不敢说走遍了很多地方，但至少国内我想去的地方都去了；我不敢说经历了多少风雨，但至少我不再只是个懵懂无知、只会风花雪月的年轻人。关于这一点，我一直很感激这些日子以来在路上遇到的所有朋友，以及他们的陪伴和教诲。

有人说，旅行比学习重要。还有人说，再穷，也要旅行，尤其是女人。是的，旅行是一种增长见识的极佳途径。旅行可以平复人的浮躁；可以让人看淡许多、懂得许多；旅行可以获得书本上没有的阅历和见闻。对女生来说，除了升华知识，更能培养气质。

旅行，改变了我。

我爱旅行，也常常把旅行比作流浪。

当然，这与热爱的三毛不无关系。

美国动画片《疯狂原始人》中，有一句十分经典的台词。这是"文明人"盖的感叹。他说：不要躲藏，活下去，追随太阳，你就能到达明天。

其实这是盖幼年时，父母离开他之前说的一句话。

盖一直记在心上，并将它作为生活、理想与追逐的动力。

所以，面对旅行，不要害怕路途艰险、人心险恶，勇敢一点，朝着自己的目的地走下去，它可以是太阳，也可以是月亮，哪怕只是一颗流星。只要坚持，即使永远都不会有实现的那一天，却也不会因为一无所有而自怨自怜。

人的成功与智慧，不在于他的银行账户数字后有多少个零，而是在于他的灵魂账户数字后有多少个零。

大千世界，人来人往，缘分总是断断续续，有人来自然有人会走，有人在你生命里画了逗号，自然会有人在你的生命里画上句号。所以，不必太感伤离开你的人，也无需太感激在你世界里多作停留的人，因为真正需要感恩的，是那些给你起点的人。

所以，感谢给了我生命起点的父母，也感谢未来将为我画上句点的那个人。

一个人的行走，无论多勇敢、内心多强大，偶尔的脆弱依然会在某个时刻不经意流出。但所幸，有在背后默默支持的起点，还有在前方迎接的句点，所以这趟旅行，哪怕是一生，也会有足够勇气和力量走下去。

所以，你想要的，岁月都会给你。

路途风光无限，会有太多的未知让我们在泪水中不断磨砺自己，直到拥有你真正想要的。那一刻的笑容比什么都值得。

目 录
CONTENTS

第一章 〔远方〕触手可及的天堂

第一次，与你相遇…002

在八廓街的一次奢侈日光浴…010

少女的头绳…016

纳木错，姑娘你的故事圆满了吗？…022

围着粪炉，吃着六月飞雪…031

藏绝地·可可西里…038

如果我有孩子，一定带他来香格里拉…053

差点死在虎跳峡…062

又一次，与你相逢…075

最美的　　遇见　　在路上
CONTENTS

第二章　〔近处〕江南烟雨曾初见

西递与三号小镇…083

西递·画秋…091

一双绣花鞋的归来…100

阳产读秋…109

宏村·那一年…119

卢村·有个男孩叫之西…129

青椒的爱情…139

南浔,趁夜来,难寻…146

绣花裙子…154

第三章　〔身边〕左手和右手

南栅：两个人的旅行…167

东栅：似水年华…174

一起私奔去绍兴吧…181

我来到你的城市…189

我用一生，换你四十春秋…198
半个青柠…206
修来的婚纱…210

第四章　[番外]一路向西，彩云之南

旅行，只是一个美丽的借口…218
大理不是躲避生活的地方…225
只因温柔，才来丽江…232
黑老板与女房客的故事…238
《我与甲乙丙丁》…246

[后记]

改变，从独自旅行开始…258

第一章 【远方】触手可及的天堂

它是年轻人心目中向往的圣地,一条318国道,开启了车轮滚动的梦想。它是仓央嘉措的情诗所在,『那一世转山转水转佛塔,不为修来世,只为途中与你相见』。西藏很远,远得遥不可及;它又很近,近得触手可得。神秘又传奇的朝圣之旅,让我们忍不住一路向西。

第一次,与你相遇

   //

　　流年在 2014 年 5 月 22 日这一天停驻,在这平凡的日子里,突然想对你说点什么。依稀记得,2013 年 6 月 5 日,我带着伤,不顾一切奔向了你。我不曾见过你真实的模样,如果说与你相遇是一个约定的话,那便是小学课本上,你在高山最宏伟的建筑——太阳之城布达拉宫。

↗ 每一个旅行者的心里都点亮着一盏灯

　　小小年纪里，懵懂但无忧无虑，只听说这个地方很美，是松赞干布和文成公主居住过的地方；小小的年代里，对历史典故也只是字面上的理解，但听说，这个地方，长大后一定要去一次；小小的视角里，书本上的你那么近，长大后，梦想中的你，却这么远。

　　从那时候起，你的一切已在心里生了根。

　　青春的色彩从不单一，那个骚动的年纪里我也沉浸在各式各样的幻想和美梦中，你曾一度变得模糊，甚至几乎被遗忘。直到有一天，得知一个朋友为了梦想，骑着单车不顾一切奔向你时，那些曾经缠绵于心的美丽向往，顷刻间扑面而来，即使时间流逝、风雨沉淀，你仍在云端高高矗立，你的名字依然清晰如昨——西藏。

发现自己的遗忘时，我羞愧不已。小时候的约定就这样被丢落，后来关于他们和你的故事变得越来越清晰，你也变得越来越神秘。而我，躲在角落，恨不得找出当年的课本，看看自己留下的一行行歪歪扭扭的誓言。

终于，为了不辜负青春年少的期望，我带着伤，不顾一切奔向了你。那一年那一月的那一天，是这辈子都无法忘记的。那一年，我找回了梦想，那一月，我找回了约定，那一天，我找回了自己。任时间如何流逝，关于我和你的第一次相遇，永远也无法从记忆中抹去。

怀着无比复杂的心情，我的西藏之旅就这样启程了。

路上，徒步和搭车，都是不容乐观的考验，也是身体和灵魂的一次朝圣之旅。我不敢宣扬自己是如何的勇敢和了不起，面对你，我渺小得就像是你脚下的一粒尘埃。但你从未压低我的目光，从未阻碍我对前方的寻觅。有人说，去西藏，是为了征服你。而我说，去西藏，是为了和你相遇，为了征服自己。

雪山之巅，有一个姑娘，在云涌之际，悄然盛放。天地之间，有一个僧侣，在山水深处，赴险如夷。

↗ 第一次滇藏之行,是二十余春秋里,最勇敢的开始。

↘ 我如此疯狂,说走就走,不为爱情,不为远方,只为征服自己。

你的神秘之外,这样的美与心灵,是我最渴望的。亦如你告诉我的——

天地之上,任你飞扬,天地之间,任我逍遥。若你惜我双足之劳,漫开云朵,怜我双目之遥。

因此,我如此疯狂,说走就走,不为爱情,不为远方,只为与你,征服自己。

路上,你延绵不绝的山峰在纯白圣洁的雪域高原耸入云端。眼前的你,是如此柔情细腻,遍地的格桑花开得正好,似是迎风而来,伴着远处的金幡,顿教人心中澄明。你水一样清透的眼睛,似是诉说着遥远的故事,是你的,也是我的。

路上,结识了许多朋友,来自四面八方,我们亲密无间,与你一般。他们说,未曾来的时候,这个地方,是梦里的天堂;来过之后,这里就是自己的天堂。我拍手叫好。确实如此,远的时候,你是一群人遥不可及的梦,近的时候,你是我一个人触手可及的云。

我如此幸运,说走就走,不矫情、不冲动、只为在约定的时间空间里与你相遇。

也许,这一生我都不能在你的胸膛上肆无忌惮地行走;也许,下次重逢遥遥无期。但过去和未来,已知和未知的,都是我不能挽回和预料的。因此,我不想抛开他们,我什么也不想。只想着当下，想着现在，想着我和你，在路上的故事与风景。当某一天，翻开旧时记忆，你给我捎来一封信，借由微风轻轻捎来——

你在桥上看风景，看风景的人在桥下看你。你的镜头里只画着青山绿水，青山绿水只装饰着唯一的你。你以为你将梦藏匿在了这里，却不曾发现，这里，把你的梦，还给了最初的你。

最初的我？是什么时候？细细想着，怕还是在一个年少无知的时代里埋下的种子。是什么种子？开花了吗？结果了吗？细细想着，怕一切还未成熟，但已开花结果。是什么花，你不知道，我知道。

如果我有一双大大的臂膀，我真想在你轻睡的时候，好好拥抱你。亦如当初，我在你的怀里释放了尘世喧扰的心灵。历时近30天，终见到布达拉宫，你在高山之上最宏伟的模样。那一天傍晚，我端坐在广场上，沉默许久，亦如当车子停留在长江湾的时候，我坐在高山之上，直到满天星辰，还是不敢入睡。只因一切有你，而时间如此匆匆，像是一不小心一天就过去了，我和你相遇，又少了一天。

与朋友分离的那天，是我真正遇见你的时候。记得那晚的广场上，人流澎湃，人们相互拥抱、道别，依依不舍，感慨万千。而我们，这些本不相识的来自四面八方的陌生人，竟然也泣不成声。我们拥抱、我们嬉闹，也难以止住悲伤。

　　茫茫人海中的相遇，是如此不易；高山雪域中的相遇，是如此难得。漫长的行程里，任谁也始料未及，就这样，在和你相遇的同时，我和他们，彼此之间，不得不分离。

　　那一夜，在你宽阔的怀抱里，我心情复杂，难以入眠。

　　多想，多想你亲吻着我的额头，在我耳畔，轻轻地说：别怕，没关系，还会再见。

　　直到天亮，他们走了，只留下我。我一个人，像开始时那样，漫步在街头，漫步在大昭寺、色拉寺、八廓街，和任何一个角落。一颗骚动的心变得出奇的平静，静得像是能被风穿透一样。

　　漫步了许久，我终究还是要离去。而你，依然是你，不曾改变，不会因谁的存在或离开，就不安了自己，失去了自己。

　　谢谢你，我征服了自己，找回了自己。你可能不知道的是，2013年的那天，我的灵魂走丢了。人生的每一次出发，都有归来的那天。

　　2014年5月25日，我的灵魂，即将归来。

在八廓街的一次奢侈日光浴

 //

　　八廓街就在我的面前，时隔一年，我又来到了这里。好像一切都没有变，又好像在微微地转变着。去年这个时候，八廓街前的广场上，这一根竖立苍穹之下的大法轮柱还在维修中。当时仰望的目光充满了困惑与无知。路上的小伙伴指着问我："这是什么，你知道吗？"我摇摇头，没有说话。边上的几个藏民也举目

仰望，只是目光比我们多了份虔诚，还有一种说不出的干净。"不管这是什么，它都是神圣的。"后来，我也这么告诉小伙伴们。

今天，我依旧站在这里，仰望着它。只是身边的小伙伴们回到了四面八方，当初我们说好的，今年再来。

阳光很好。似乎在拉萨的任何一个角落，都能感受到这充足的日光浴。八廓街上人不多，兴许是我来早了，相比去年的7月，这个时候显得有些冷清。不过也好，也许安静的时候更能亲近这个地方。

扛着三脚架，带着单反，背着包，是我的一贯风格，去哪儿几乎都是少不了的。尽管背包里还塞了一本厚厚的记事簿，可有些风景却是文字很难记录下来的。早起的藏民穿梭在街巷里，几乎每个人的手里都拿着一个小小的转筒，时刻在转动着，意义类似于那些在雪山上、崖口边飘扬的经幡。我一直觉得藏族是一个充满善良与宽容的纯朴民族。

一间铺子的窗台突然引起了我的注意，位置不高，像是故意这么设计的，只为了让走累的游人有个歇息的地方。卸下沉重的背包，我坐了下来，三脚架放在一旁，我开始发呆。在阳光下发呆是个奢侈的享受，尤其是在三千多米的高原上。

有些人开始好奇地关注我，准确地说应该是关注我身边的三脚架。他们不知道这是什么，很正常。他们会好奇，也很正常。

↗ 走在八廓街的任何一个角落,你都会看见当地人手持转经,虔诚并严肃地坚持着他们的信仰。

↘ 五月份,游客还很少,街巷显得空荡。

很快一个年老的藏民转着经筒走到我跟前，问："这是什么？"他说着口音极重的、生硬的普通话，我反复问了几次，才明白他问的什么。"这是三脚架，照相用的。"我回答他，但他的神色有些迷茫，又开始问我，声音很小，听起来有些混杂，我努力试着靠只言片语去猜测他的意思，但还是很费解。于是我将手上的单反架在了云台上，做一次示范给他看。他依旧神色迷茫，然后坐在我身边，嘴里碎碎地念叨着什么。他左手的经筒一直没有停转，没加速也没减速，他看着眼前那些来来去去跟我一样的陌生人，迷茫的脸色变得平和，已不再关心三脚架是什么。

路过的行人总朝我们看来，或许是我身边坐了一个年老的藏民，或许是年老的藏民身边坐了一个年轻的姑娘。

我们各自望着眼前来去的人，彼此间没有交流。我偶尔会忍不住看他一眼。然后，他默默起身走了，依旧转着经筒，真像一阵风。

他走后不久，我起身扛着三脚架开始慢慢流浪。在一座黄色的房子前，停下脚步，从背包里拿出记事簿和笔，然后盘坐在地上。房子前的阳光很好，照在黄色的墙上十分明亮显眼。墙上挂着一道经幡，我坐在经幡下面，低头准备随意记录一点东西的时候，一个年轻的男孩和他的几个同伴走了过来，问："美女，你是一个人吗？"

"对啊。"我抬头回答他,这个男孩长得还真阳光。

"我们来拉萨两天了,明天想去尼泊尔,现在在找小伙伴,你有打算去尼泊尔吗?"男孩问着,笑起来的样子很好看。

"我今天刚到拉萨,还没打算去尼泊尔,不好意思啊。"

"那你知道在哪里可以找到小伙伴吗?"在我明确去向的时候,男孩和他的同伴们没有走开,他依旧跟我聊天,我挺喜欢跟他说话的。"我不知道你们住的是什么旅馆。在拉萨有很多专门给驴友住的旅馆,旅馆的墙上有很多便条,上面几乎都是驴友的一些信息。比如是拼车,结伴,一般在那里随时都能找到小伙伴的。"

"真的吗?"男孩很吃惊,也很意外,忙蹲了下来,问:"你能推荐一下吗?等下我跟我的朋友们就过去看看。"

"拉萨八郎学旅馆,不过有点偏,但离东措近。附近有个扎西曲塔酒店,你们到那里碰碰运气。还有个光明港琼甜茶馆,是拉萨的一间老店了。那里聚集的几乎都是我们这一类人,去那里也好找到同伴。"

"那个茶馆我知道,昨晚在帖子上看到了。"男孩的一个同伴惊奇地叫了起来。"谢谢你了,美女,有机会一起去尼泊尔。"男孩说完,起身和他的同伴们一道离开了。看着他们远去的背影,我想起去年来到拉萨的时候曾打算去尼泊尔的,只是当时没带护照。而今年,早就约好了几个成都的同伴,明天碰面一起去可可

西里。

　　尼泊尔,还是要去的。至于跟谁去、什么时候去,就不知道了。

　　男孩与他的同伴们离开后,就再无人打扰我的清净,不时有好奇的目光投过来。我就这样的在八廓街的一间黄色房子下面盘坐了两个多小时。阳光洒在身上,无法形容的自在惬意。与其去一些安静的酒吧或文艺小店发呆打瞌睡,还不如坐在这里享受大自然的恩赐,既是免费的,又是难得的奢侈。

少女的头绳

   //

　　快到下午 5 点的时候,我准备离开八廓街,去布达拉宫广场走走,尽管上午已经走一圈了,可还是忍不住再绕着它走走。刚走出八廓街,就有几个藏族妇女朝我走来,兜售一些五颜六色的细绳子,三元一根,说编在头发上会很好看。绳子又细又长,颜色十分鲜丽。难怪刚刚看见好几个姑娘在头发上编绳子,还以为

是她们自个儿编的。我有些犹豫，因为我有每天洗头的习惯，而且天色已晚，今天编好，不知道能不能保持到明天。

"三块钱一根，你可以买三根，我就能帮你编得很漂亮，而且也很快的，很多女孩子都编了。来一趟拉萨也不容易，也就这里才有。"

一个藏族妇女说着。她的话不假，即便是推销，我也没有任何理由去质疑她的诚意。我不知道该怎么拒绝，其实我很想编的，又怕留不住，总觉得很遗憾。于是，我狠狠心继续往前走，她仍跟着，可能是看出了我的犹豫。

突然，眼前遇到一个短发的女孩，坐在街头的石墩上，一边和朋友们嬉笑着，一边让一个藏族妇女替她编着小辫子。旁边还有一个男的，也有人在给他编辫子，他头发短得可怜，却乐在其中，很享受这个过程，即使看起来像个滑稽的小丑。

"好漂亮。"我对那个短发女孩说。

"你也编一个呗，你头发那么长，编起来比我的好看多了。"女孩说着，她笑得很开心，估计是被旁边那个男孩逗乐了。"就是呀，三块钱一根真不贵。你看她那么短的头发都编得这么好看，你头发这么长，一定更漂亮。"跟着我的妇女也说了起来，我点点头，说："等等好吗？我想看看她编好后是什么样子的。"

"行，我等你。"她的语气很坚定。

"美女,你带三脚架了?"突然,一个陌生男孩问我。

我点点头,今天对这个三脚架好奇的人还真不少。

"晚上你去拍布达拉宫吗?"他继续问。

"是的。"

"可以一起吗?我也想拍。但是我没带三脚架,到时候可以借给我吗?你放心,我不是骗子。"他说着,特意加了最后一句话。

"可以的。"我回答他,有些哭笑不得。

"你的电话多少,方便给我吗?到时候我联系你。"男孩问我。我一愣:"要不,把你的电话给我吧,我到布达拉宫的时候,给你发信息。"

然后男孩就把他的号码报给了我,我也就真的给记下了。

"你是一个人来的吗?"

"嗯。"

"我们准备去尼泊尔,要不跟我们一起吧。"

又是去尼泊尔的。看来,我又要失去认识新朋友的机会了。

"我找了几个小伙伴,准备明天拼车走青藏线回成都了。"

"你想去可可西里?"男孩突然问我,好像很意外。

"是的。你去过?"

"我没去过。不过看过可可西里的纪录片,还有一部电影,就叫作《可可西里》,很震撼。"

"我就是因为看了这部电影,这才想去可可西里的。"我说着,有点小激动。

"可惜我跟他们约好去尼泊尔了,否则真想跟你一起去。"男孩说完这句话,边上的几个人竟然起了哄,包括那个短发的女孩。

"那你跟她一起去吧,我们没关系的,反正她有你的号码了,到时候你们好联系一下。"

"对了,美女你住哪儿呀?要不到我们那个旅馆吧,人很多的,很热闹,床位也很便宜,才二十元一晚。"

"就是,就是。在拉萨遇到,就是缘分。你这么想去可可西里,这美女刚好要去可可西里,不一起去实在太可惜了。"

说这话的是那短发女孩,她的头发快编好了,他们的调侃令我有些害臊,毕竟我是个女孩子,我明白他们并无恶意,所以这搭讪也显得相当动人。正如他们说的,在拉萨遇到,就是缘分。

当然,这个男孩并没有跟我一道去可可西里。

这情节很普通,很生活化。但少女的心思,还是忍不住幻想那些小说电影里才会出现的浪漫情节。

"怎么样?漂亮吗?"突然,短发女孩起身大声问。

"漂亮,漂亮极了,来拍个照。"扎了个辫子的男孩拿起手机,对她说。短发女孩俏皮地摆弄着悬下来的头绳,她笑得很开心,这头绳编得确实好看。

"美女,你也编个,我拍个照留着做纪念。"想去可可西里的男孩对我说,他的样子似乎比我还迫不及待。

"就编一个吧。"等我的那个妇女也说,她已经准备好了三根十分漂亮的绳子,就等我一句话了。

"我不好看,编了浪费。"我笑着说,还是拒绝了。妇女拿着绳子没再说什么,默默地走了,开始寻找别的女孩。

"既然如此,那我们先走了,晚上再联系。"男孩说完,便跟他的同伴们一起朝八廓街走去了。

"阿姨,阿姨……阿姨……"我突然像是想起了什么,连忙朝刚刚落寞走开的藏族妇女奔去,一时情急,不知道该怎么称呼,就直呼阿姨了。

"对不起啊,你帮我编吧。"我随便挑了几根绳子说:"就这颜色吧,帮我编漂亮一点儿的。"

她很意外,不知道我为什么又改主意了。我也没解释,悄悄拉着她跑到了一棵树下,像十八岁少女等待梳妆似的,害羞极了。

我耐心地等着,等待她将我的头发编出三根好看的辫子来。就像是在湖边上,背面是座雪山,眼前是片草原,我就在那里,任风吹起这漂亮的辫子,美得真像是仓嘉央措写的情诗一般。

不过少女的憧憬终究不是小说里的情节。一个人的旅行，说走就走，也不是真的就能遇见一段奋不顾身的爱情。所以，晚上我并没有去布达拉宫，但还是给那个男孩发了个短信。告诉他，我去不了，别无其他。可能他会觉得我把他当成骗子，我也没有解释，他并不知道其实我身体突然不舒服，莫名其妙吐了。

所以，有些故事，没有结局，该结束时，就结束吧。

纳木错,姑娘你的故事圆满了吗?

什么时候醒来的,我不知道。

推开窗,我不禁愣了。天上的云一层一层,像波浪似的。湛蓝色的天空中掺杂着乌云,早晨的阳光照射在云层上的时候,画面美得不像在人间。

噢,这是在拉萨呢,离天空近了三千多米。难怪一早醒来,看这天空，看这寂静的街道，有些不习惯。

"小苏，你起来了吗？"外面有人敲门。听声音是川哥，是这同游的伙伴里最有进藏经验的老大哥，一年进藏好几次。昨晚我突然产生高原反应，也是他帮忙带我去看医生买药的。

"大伙儿都在下面了，你快点啊。"川哥说。

我赶紧收拾收拾，今天大伙儿一起去纳木错。去年来的时候，在拉萨只待了两晚，便坐火车返程了。昨天跟川哥碰面的时候，他说今天要去纳木错，我很激动，总算弥补了去年的遗憾。于是收拾好东西，便下楼跟大家一起会合了。

同伴中有一对父子，四川人，儿子刚从加拿大回来。还有一个中年男人，做生意的，从深圳来。然后就是川哥了，他是我们这次青藏线的领队。虽然大家都是第一次见面，彼此还不认识，可"陌生"这两个字却被这三千多米的海拔甩得远远的。然后就是我了，这次结伴队伍中唯一的一个女孩子，不过不是年龄最小的。

大家把行李搬上车厢后，便一一落座。往纳木错的路上，我没怎么说话，可能是因为年纪的悬殊，或是因为有代沟。后来我跟朋友提起这几个人的时候，他们都问我，为什么不找年轻人结伴，这样比较聊得来。只是因为这次我要去可可西里，年轻人多半没有经验，会有风险。刚好遇到川哥，他找了几个小伙伴，准

↗ 我一直以为,你很远,是在一个我无法触及的远方。直到那一年那一天,我来了,才发现,你不远。远的是说走就走的勇气。

↘ 通往纳木错的路上,每个人心里憧憬的风景都不一样,就像眼前这无尽头的道路。

备走青藏线,而可可西里就是行程中关键一站。

因此,我就跟川哥一道了。

车子去往纳木错,便与拉萨告别了,因为我的下一站是可可西里。

到西藏,就一定要去纳木错看看了。

网上有个非常火的帖子,《去西藏一定要做的十件事》,推荐的其中一件就是去纳木错,聆听涛声,晚上数那些与你近得不能再近的星星。

所以,车子在路上颠簸的时候,我的心也是跟着一起颠簸的。我们在那根拉垭口停下了,海拔5190米,是进纳木错的必经之地。传说站在这里许愿,神山神湖就会显灵。而这里也是远观纳木错最好的位置。因此,我站在系着许多经幡的地方,许了一个愿。垭口的风很大,吹乱了经幡,都纠在了一起,也吹乱了我的头发。纳木错就在远处,隐隐约约有点点碧波荡漾,这让我们一车人都很兴奋。

云朵漫开得很快,湛蓝的天空干净清透,几只飞鸟掠过,一览无遗。

车子抵达纳木错,我做的第一件事情就是仰望这天空。好像很远,但伸出手去,又近在咫尺。这样的自由与空旷,是多少拘束在城市的年轻人所向往的。即使我来过,想必回去的时候,依然怀念。

记得去年从拉萨回到成都的时候，遇见了一个女孩，她在发廊工作，帮我洗头的时候，我们无意聊起西藏来。她很激动，说是去西藏是她的一个梦。

她说——

"那里的天，很蓝，那里的水，很蓝，好像人去了，就被洗干净了。"

我鼓励她勇敢一次，趁年轻就去吧。她害羞了，告诉我："等遇见合适的人了就一起去。"对，她说这才是她真正的梦想。

我笑了。有些羡慕她。这样的梦想，实在太美。等某一天，遇见了一个适合的人，就两个人一起去远方，去西藏。

如此美丽的故事，令人嫉妒。

"你去纳木错了吗？"女孩问我："我曾经遇到一个客人，他也去过西藏，还去了纳木错，我看了他手机上拍的照片，太漂亮了。"

"没有去。有机会我再去西藏，到时候就去你说的纳木错看看。"

"到时候你还会回到成都吗？"

"会的。"

"那你能来这里找我吗？我特别想看看纳木错的风光，这辈

↗ 我是一只小小鸟,从不怕飞不高,因为梦想插上了翅膀。

子最想做的事情就去西藏、去纳木错了。"女孩投来羡慕又无奈的目光,我答应她,如果再一次去西藏的话,我一定会来成都。

如今我就站在这纳木错的湖边上,突然想起那个姑娘,好像一切都是安排好的。

阳光甚好,远处的雪山或隐或现,云朵也躲躲藏藏,像被谁的美丽震撼了。远处和近处的湖水,俨然是不同的颜色。川哥告诉我们,相传纳木错是唐古拉的妻子,一山一水,恰似壮伟与柔情。我顿时激动,抱着相机就奔了过去。眼前的山,眼前的水,就连眼前这俗世间的人,都美得像是梦境,亦如天堂。

你是遗落在凡间的天使吗?我真想问问纳木错。远处山脉上的白雪是不是你褪下的羽毛?天空这样蓝,水这样蓝,一切这样干净,是不是你的眼睛渲染了这里?你坐落在湖畔,行人的身影穿梭其中,每个人都深深叹服。如此圣洁的湖泊,是不是你的泪水凝聚?

我的想象,被拉扯得越来越远。正是如此,才使得那么多的驴友,那么多的年轻人,还有那么多的情侣心向往之。

湖边上有许多骑马的藏民,他们以此谋生,还有一头纯白色的牦牛,那毛色白得像远处的雪一样。它一动不动,蜷着腿,趴在草地上。背上还放了块藏族的方布,上面绣了许多精致的图案,我看不懂,只觉得十分漂亮。有一个年轻的姑娘拉着一个男孩,估计是她的男朋友,两个人蹲在牦牛旁边一起自拍。

我看着十分羡慕,不禁又想起那个远在成都的年轻女孩,好想问问,你的故事圆满了吗?你找到了那个适合你的人了吗?

"小苏,小苏。"深圳的老大哥朝我挥手。

"怎么了?"我大声问。

"前面很漂亮,我们一道过去看看。顺便给你拍拍照……"

"好的。"我一边回他,一边朝他跑过去,而这遥远的遐想也就暂且收了起来。我曾在八廓街的一间铺子买了条漂亮的棉麻大围巾，老板说是从尼泊尔进的货，便宜，但质地很好。我似乎跟尼泊尔很有缘，就是一直没有好的机会。借用成都那个女孩的话，就是我还没找到那个跟我一道去远方的人。

这条大围巾在纳木错派上了用场。流浪的，文艺的，个性的，小清新的，无论哪种拍照风格，它都具备。连深圳的大哥也用这围巾作道具。他说："小苏这东西好，我一个老男人也可以文艺一把。"我便拿起老大哥的相机给他连拍了好几张。

天蓝，水蓝，被束缚的身体终于和自由的灵魂一起疯狂地上路了。引有那句再熟悉不过的话：再不疯狂，我们就老了。

"再不疯狂，我们就老了。小苏，给我们也拍拍。"成都的父子俩也走过来了。

围着粪炉，吃着六月飞雪

六月下雪，这要是在内地，可不寻常。但在西藏，就另当别论。对于我们这些第一次见到的人来说，还是十分稀奇。从纳木错离开，并没走远，而是在附近逗留，这里有许多临时搭起的房子，应是提供给游客的。只是设备简陋，大概只能停车吃饭。

纳木错附近没有像样的宾馆，最近的也要到一个叫当雄的小镇上去。这也是我们晚上要去住的地方。

车子停在一个简易移动房前，外面的雪飘得有些大了。下车的时候，明显感觉到温度骤降。深圳大哥似乎不怕冷，一个人带着相机去附近转悠了。我与其他人赶紧跑进屋子，立刻温暖起来。

老板娘是个藏民，十分热情，她正在烤着火。可能知道我们不是来吃饭的，就让我们一起烤火。在炉子边一坐下就不想起来了。像装了暖气一样，实在是好奇一个炉子怎会有这样大的作用？

这个月份，内地很多城市已经开始进入酷暑了，我们在这里却冷得瑟瑟发抖。

"你们怎么这个时候来了？还不是纳木错最好看的时候呢。"老板娘的普通话说得很好。

"这个时候你们也没什么生意吧？"大块头叔叔问。他是那对成都父子中的父亲，因为人高马大、身材魁梧，我便就叫他大块头叔叔，他儿子叫我小苏姐，我叫他小杰。

"这个时节人不多，今天还没生意呢。"老板娘羞涩地笑了笑，拿起边上的一个火钳子，夹了一块看起来十分厚实坚硬的黑色块状东西扔进了炉子里。

"这是什么？"大块头叔叔接着问。

"这是牦牛的粪。晒干了,烤火非常好用。"老板娘说着,又夹起了一块扔了进去。

此时,房子外面的雪还在下,深圳大哥还没回来。

川哥起身出去了。他要到车上加件衣服。

"你在玩什么?"小杰突然起身,朝一个吧台走去。那里坐着个男孩,跟小杰差不多大,戴着耳麦,好像在玩游戏。小杰与他似乎有了共同话题,站在一旁看着他玩。老板娘有些无奈,说:"就知道玩游戏,天天玩,真拿他没办法。"

"男孩子都这样,我家小杰也爱玩。"大块头叔叔说。"这次我还是硬将他带出来的。小杰不喜欢旅游,可他这次从加拿大回来,就想带他一起来西藏走走。"

这年头不喜欢旅游的年轻人很少,大多是没钱没时间,否则谁都想出来旅游。不过,宅男也多,待在房间里对着电脑打游戏,对他们而言也是一种乐趣。

"小苏,你应该很喜欢旅行吧?"大块头叔叔问我。

我点点头,"旅行能增长见识,也能学到很多东西,女孩子都喜欢旅行。"

我们说着话,老板娘又加了不少牦牛粪块进去。"这东西烧得还挺快。"

"还好。冬天都是用它取暖的,就连我们做饭、煮酥油茶都烧这个。"

"这牦牛还真是个宝。牛粪都能利用，而且环保，还没什么味道。"大块头叔叔说。

其实烧牛粪不止是西藏，很早以前内地的农村也有，还有的贴在墙上，只是现在很难见到了。不过在西藏，烧牛粪是很普遍的。尤其是在冬天，屋外下着雪，屋内烧牛粪，这场景看着都觉得暖和。

"外面可真冷啊。"深圳大哥回来了，他一进屋子就凑到火炉旁，一边搓手，一边瑟瑟地说："这突然下起雪来，温度低得不得了，尤其是在湖边上。"

"我还想去拍拍雪中的纳木错是什么样子的呢。"我起身拿着相机就奔了出去。

刚一出门，一阵冷意就像刀子似的袭了过来。

"小苏，去哪儿呀？"刚到门口，就撞见了川哥。

"我想去拍下纳木错的下雪的样子。"

"走，我跟你一道。不过，你最好加件衣服，湖边上更冷。"川哥建议，可我没理会，就直接让他跟我一道朝湖边走去。不过很快就折回了，因为实在太冷，雪花飘个不停，似乎越下越大。我发微博告诉大家这里下雪了，大家说：武汉好热，成都好热，深圳更热，芜湖热，郑州也不凉快……

看来，就只有我这里好冷了。

张开嘴，大片雪花就落入口中，还没感觉到冰凉，就已经融化了。川哥突然笑了起来："这雪要是一直下的话，等明天一早上，你再抓把雪塞嘴里，味道一定比内地的好。"

"真没想到会下起雪来。"我叹息，确实没想到。

"大伙儿赶紧上车吧。"川哥跑过来叫大家："要是雪下大了，就会封山，我们就要在这里待一夜了。"

大家纷纷上了车。路上我们遇见了一对法国的母子，背着大大的背包，在路边向我们招手，问纳木错还有多远。告诉他们大概距离后，他们很高兴。

"外国人的体力就是好。"我感叹。想起去年徒步虎跳峡的时候，就遇见几个老外，穿着短袖短裤，背着巨大的背包，却走得十分轻巧。而我已经把背包寄存在客栈，还觉得十分吃力。所以，对于玩户外的老外，我一直很佩服。

跟法国母子分开后，我们继续朝当雄方向驶去。驶出纳木错的时候，雪竟然停了，天放晴了，太阳也出来了。如果这不令人感到意外的话，那么在公路边上看到一道完整的彩虹却是让人忍不住拍手称奇的事。

彩虹的两端，恰好落在两座白色的藏式房子上，这刚刚好的距离，真像是被编排过的。

↗ 风雨之后，拨云见日，你不经意间赋予我一份此生最难得的礼物：双层彩虹，完美的弧度瞬间震摄心灵。

"你们看——"突然，川哥指着沿着公路方向去的一座白色的雪山："这山上的雪就是刚刚下的。来的时候，它还是荒芜的一片土黄呢。一会儿工夫，就成了雪山。"

"真是奇观啊。"我迅速拿起相机将这一刻记录下来。虽然雪山在西藏很常见，可这样的景色，就很难得了，需要运气。

"你们看，是彩虹。"一辆小巴士从我们面前经过，也是从纳木错方向出来的。车上靠窗的几个年轻人惊呼着。

仿佛每个人见到这一刻,都感到意外,忍不住要惊呼。确实。雪后见到彩虹,比风雨后见到彩虹的几率少之又少。如果我们这些还有车坐的年轻人都为此感动的话,那么刚刚那对法国母子俩见到这彩虹的时候,一定会认为这是上帝送来的礼物。经历一切苦难,不惧怕一切苦难,才能见到美景。若说阳光总在风雨后,那么这彩虹和太阳,必然是我们继续前进的动力。就像川哥后来说的:"这么漂亮的彩虹,不管明天什么天气,也要继续上路。"

是的,我们不能辜负生命中所遇见的美丽,自然更不能懈怠,要继续前进。

藏绝地 · 可可西里

   //

连夜赶到可可西里,这速度超乎了我们的预料。大伙本打算在沱沱河留宿一夜的,可简陋的宾馆老板告诉我们没床位了,我们不得已提前赶路。川哥说,今晚唯一的机会就是在可可西里边上的几家小宾馆碰碰运气了。

"这天气不好,我查了下,可可西里可能会有大雪,如果晚上闯入可可西里的话,很危险的。"川哥的语气有些凝重,我的心一紧,做好了在车上睡一夜的准备。一早从当雄出发的时候,天就已经是一片雪色茫茫。我们沉睡了一夜,完全不知道窗外的世界在发生怎样的变化。路过藏北草原唐古拉山口的时候,我误以为这就是电影里头的可可西里。

这一路上,途经龙仁乡,那曲(已出拉萨地区),桑雄,罗玛镇。整个藏北草原白茫茫一片,成群的牦牛像一颗颗黑珍珠似的,散落在雪山上。曾有无数个瞬间,我以为我离可可西里不远了。直到过了双湖县、再松村、安多县等地,才意识到,原来我还在路上,还在去可可西里的路上。

而且,我们连沱沱河还没到达。

川哥说晚上可能没地方住,大家的心悬了起来。这高原地段,又是风雪,早晚温差很大,几个人挤在一辆车里,到了夜里能扛得过去吗?连经验丰富的川哥都不敢肯定。

"我从来没遇到过这样的境况,以前自己一个人跑,都有地方睡,哪怕条件不好。但没办法,只能再朝前行,赌一把了。"听到川哥这样说,我心里其实是有些激动的。以前自己一个人走滇藏线数十天,晚上在野外睡过帐篷,可从来没在冰天雪地里挨着可可西里过一夜。这将是一个惊险又刺激的经历。

绵长的公路看不到尽头,天地灰蒙蒙一片,我们好像陷入另

↗ 看,白色覆盖天地,都快看不见蓝天了。

↘ 沿途中,不是大雪,就是荒芜,青藏线上的恶劣环境和天气考验着所有人。

一个空间，与世隔绝了。小杰突然惊呼："这个空旷无人的荒野之地，就只剩下我们这一辆车、五个人啊！"

"你怕了？"大块头叔叔笑。

"你都不怕，我怕什么？"小杰不服气地说。川哥羡慕地说："你们两父子看起来就跟兄弟一样，真不错。我家的是个女儿，从没跟我一道出来旅行过，更别提来西藏了。"

"他俩确实像兄弟。"深圳大哥说。

只有我没出声，一直看着窗外。他们的话令我想起自己与父亲的紧张关系，有些压迫。像这灰蒙蒙的天气一样，像天边落下的乌云一样。也许是天黑了吧，也许是前方不确定因素太多了吧，我原本充满期待的心情突然变得沉重起来。可大块头叔叔他们倒是显得很轻松活跃。

"晚上估计真的要睡车上了。"川哥说。

"睡车上就睡车上吧。反正多穿点衣服，人也多，挤挤也不会那么冷的。"大块头叔叔说，他很从容，不期待也不恐惧。就像是在路上偶尔掠过的飞禽，不知是鹰还是燕，快撞上车窗的时候，又自然地飞走。奇怪的是，总有一只个头不大的鸟一直飞在车子前面，飞得不高，距离地面最多三米的样子，扑扇着翅膀，在昏沉的天色里，像是在给我们领路。

"你们看，那只鸟……"我指着前方说。

"我也注意到了。"川哥说:"像是给我们带路似的。在沱沱河的时候,不就看见一支兰州军用运货车队吗?他们主动告诉我们前面的路况以及天气,就像这鸟似的……"

"嗯,确实。"在沱沱河确实看到一支很长很长的军用车队,来自兰州。当时他们的车停在路上,挡住了我们的路。我们只好停车。我拿起相机,本想拍下这支军车队,没想到前面的一辆军车里,一个年轻的小伙子竟然扬起剪刀手来,他以为我要拍他呢。以前也看见过不少军队,他们会严肃生硬地呵斥旁人让道,更不允许拍照。但这次却不一样,让我很意外。后来想想,也许他们这番热情,是为了在路上增添一点乐趣罢了。运输军需物资,本就是一场枯燥乏味的旅途,更何况又是如此遥远。他们自然想在这荒无人烟的地方多看见一些不同的人、不同的事。

"这青藏线真不比川藏线风光优越。这要是一个人在这条线上拉货的话,岂不是闷死。遇上恶劣天气,更是有得受了。"

"想要看到美好的事物,就得要承受、忍受,否则又怎会懂得珍惜呢?"深圳大哥说话了,他说得对。不管是对我这个想要去看可可西里的人,还是对那支运军需的车队,抑或是在生活在漫无人烟的荒凉之地的居民们……等待真是一个漫长的过程,一分一秒都是煎熬。如果撑不下去,首先窒息的便就是精神了。

想想,我们前方的路确实有些可怕。

顺着109国道，我们继续前行，终于到了可可西里的边境。车子突然停下了，川哥喜出望外："这儿跟个小村似的，那儿有个旅馆，我去问问还有没有床位。"说着，川哥就跑下了车，赶紧往这路边上的一家小旅馆奔去。我们在期待着，天已黑得看不见前路，而前面就是可可西里境地了，冒然闯入，会有危险。所以，我默默在心里祈祷，最好有充足的床位，实在不行，哪怕几个人挤挤也可以。

"有，有床位，而且很干净，条件难得的好。"川哥兴奋地跑了回来。我们大家都乐坏了，赶紧下车拿着行李往小旅馆奔去。旅馆门口附近停了许多大货车，货物堆得很高，看着有些吓人。也是难为这些常年离家在外的司机了，比起他们，我们这些出来玩的倒不是十分辛苦了，自然也没资格埋怨什么了。不过川哥找的这家小旅馆确实条件不错。在这天寒地冻的地方，这应算是五星级的标配了。床位大，被子干净，还有电视，以及独立卫生间，尽管说这睡的地方都是移动房，可里头却还是有暖气，一晚上就几十块钱，确实碰上了天赐的运气。

但这一晚上，我还是没睡安稳。

心里一直惦记着可可西里，脑海里不断翻出那部电影。可可西里有她美丽的传说，有她可叹的故事，也有她悲伤的泪水。这使我不得不来一次，哪怕只是沿着这109国道穿越过去，也想亲

↗ 停车望去,一片萧条和荒芜,生命在这里仿佛停止了呼吸。

自去看一次。

终于,天亮了。一出房间,却傻眼了。

外面雪茫茫一片。昨晚竟然下了一夜的雪。这是所有人都始料未及的。

"这下完蛋了,这么大的雪,怎么走?"川哥吃惊极了。我们也没想到,白天的温度一下子降到了零下4度。可还是要走,万一雪继续下的话,就要困在这里了。川哥让我们收拾行李背包,放到后备箱。可这早饭还是要吃的,小旅馆的老板告诉我们这边上有一家做早餐的。我们踩着厚厚的积雪找了过去,早餐店的老板刚起来没多久,暖炉也刚刚热起来。

"路上难找到中午吃饭的地方,所以这早上一定要吃饱。"

"老板,下五碗面条吧。"大块头叔叔走了过来,:"有肉吗?里面加点菜加点肉。"

"再来十个馒头。"深圳老大哥也凑了过来。

于是,我们开始坐等早餐。就在这个时候,我的手机响了,是之西同学打来的,他是黟县旅委会的,也是我的好朋友。

"你现在在哪儿呢?"

"在可可西里这边。"

他吃惊地问:"你跑到那里去了?"

"嗯。这儿昨晚下了一整夜的雪,特别厚。"

"你真疯狂,那地方也敢去。"

"你找我有什么事情吗?"

"那个微电影什么时候写好呀?"

"急着要?"

"嗯。"

"等我回去了再写吧。现在写不了,也没条件写。"

"那好,你自个儿注意点。"

这是进入可可西里后接到的第一个电话,也是最后一个。到了可可西里之后,我的手机就没再想响过。信号不好,是我们早就猜到的，所以也不担心谁会突然给我打电话，自然也不会让远方的朋友替我担心。

吃了早餐后，我们就开始上路了。车子启动没一会儿便又停了下来，前面有两三辆大货车挡住路了，司机正在给轮子上防滑链，又粗又笨重，和内地的防滑链很不一样。川哥下了车，也拿出了防滑链，这么厚的雪，万一轮子打滑出了事情，后果就不堪设想了。

"这天气真怪啊，一下子雪下得这样可怕。"小杰叹着，突然看了我一眼，说："我跟我爸一路川藏线过来拉萨的，碰到你后，就一直在下雪……"

"你就是个白雪公主。"大块头叔叔笑着说。

还真是，好像从我出了拉萨，这天气就一直在变，离开纳木错的时候，就开始下雪了。起初也只是飘着小雪花，后来大了一点儿，再大一点儿……出了藏北草原，唐古拉山口的时候，雪就又小了，渐渐停了，只是天看起来十分糟糕。但没想到，好不容易挨到可可西里的边境，一早起来，又是大雪纷飞，苍茫一片。

"真是怪呢。"我说着，看窗外，没有尽头的公路，公路两边无边无际的荒芜，天地一色，看久了，人的眼睛会出现一瞬间的幻觉。我连忙收回目光，不敢再朝外望："你们看过电影《可可西里》吗？一帮人进了里面，遇上了风雪天，就是这个样子的，非常可怕。"

"那部电影是根据真实故事改编的吧？"小杰问。

"是的。后来我还看了纪录片，确实是根据真实故事改编的。这电影很震撼，令人反思的同时也很心酸。"

"回到成都之后找来看看。"小杰说。

"也不晓得还能不能看见藏羚羊？"深圳老大哥说。"要是看到藏羚羊，真是要靠运气了。"我没出声，想着电影中的那些盗猎者对藏羚羊的猎杀，想着守护藏羚羊的那些人对盗猎者的追击，想着最后的死亡与坚持……我想，我们一定会见到藏羚羊的。这时候川哥的防滑链上好了，他坐上车，准备等前面的大货车先走。

"川哥，看见过藏羚羊吗？"深圳大哥问。

"少，得碰运气。"

"这下雪天能碰见吗？"

"不敢说。毕竟我们是不敢进可可西里的，只能沿着公路走。但公路两边都是可可西里，就看能不能有这么好的运气了。"

"我们碰到小苏姐就一直下雪，肯定能看见的。"小杰对我调侃。大家都笑了起来，当然我希望他说的都能实现。终于，车子启动了。我们的可可西里之旅正式开始了。但上路没多久，我们就发现路边有一辆打双闪的白色轿车，它斜翻在路边，车里的人都在一边,应该是等最近的救援队。

"遇到这种天气,车子一定要慢,不能急,否则发生意外,会很麻烦。"川哥说,车速明显降了下来。

"川哥,戴副墨镜吧,四周茫茫一片,没参照物的。你这样开车,伤眼睛。"大块头叔叔说着,便把自己的墨镜取下来递给了川哥。确实,窗外茫茫一片白色,什么都没有,什么也看不见,一个人开车的话,相当危险。

"藏羚羊,快看,快看。"突然,深圳老大哥惊呼起来。我们赶紧顺着他手指的方向望去,可惜苍茫一片,很难看到。"在哪?在哪?"我激动地问,都准备好了相机。"就在那里……跑远了,跑远了……那个很大的电缆杆子边上,看到没?"深圳老大哥比我还激动地说着。我们再朝他指着方向望去,车厢里又一片惊呼。

"看到了,看到了,是藏羚羊,好长的角啊。"

"赶紧拿相机拍,快点。"

"哎呀,我的相机不是长焦啊,拍了看不到。"

"距离太远了。"

"能看到就不错了。"

"好兴奋,想不到真能看见啊。"

川哥继续慢慢地开着车,我们意犹未尽,尽管那只藏羚羊跑远了。"等下应该会看到藏驴……"川哥说:"很多藏驴在公路边上觅食。"

"还有藏驴?"

"跟普通驴子有什么区别吗?"

"这要等你们看到就知道了。"

"还有什么稀奇的生物吗?"

"还有藏原羚。"

"这都能看见就太好了。"

一车人兴奋地聊了起来。此时窗外的苍茫一片仿佛已不再是所谓的危险区了。大家的心情都变得轻松活跃起来。深圳大哥不时地张望着外面,生怕会错过遇见藏羚羊的机会。我们也是在一边说话,一边张望。

"小苏,你盯着右边,我看着左边。"老大哥说。

"好的。"我仍在刚刚的兴奋中还未跳脱出来。

只是过了好一会儿藏羚羊都没有再出现,但我们并没有因此放弃,即使看不到藏羚羊,能看到三五只在公路边上觅食的藏驴也令人兴奋不已。川哥忙停下车来,我们迫不及待地下车,藏驴似乎受到了惊吓,跑到一边去,但不远,用镜头拉的话还是可以看得很清楚的。大块头叔叔和川哥抽起烟来,他们好像在欣赏一幅极为罕见的画,眼神和吐出的烟圈儿特别有感觉。

"要不是看到路边上有藏驴,我真以为我们是偏离了公路

↗ 藏羚羊，抵达可可西里之前，我们一直都在祈祷，希望能见到这传说中稀有的珍贵动物。

↘ 藏驴，是可可西里比较常见的一种动物。在我们眼里，它们也是极其珍贵的。

了。"深圳大哥说。"若不是川哥经验足,这车一晃神偏离了公路,就完蛋了。"

"那就走不出来了,只有等死了。"

"里面一点儿信号也没有?"

"里面什么都没有……没水没粮,不饿死也冻死了。"

"真可怕。"

拍完藏驴,大块头叔叔和川哥的烟也抽完了,我们又继续上路,在这苍茫的荒野雪地里,继续前进着。后来,我们路过可可西里的动物保护站,纪录片里对这个地方进行了拍摄,有它的建造过程和背后故事。保护站门口栓了一只凶恶的大藏獒,尽管有根粗铁链子栓着它,但它吼起来的气势好像随时都能挣脱出来冲向我们。保护站的一个守卫接待了我们,带我们去保护站里的一间动物标本室,里面有许多可可西里的野生动物,看着有点吓人。他告诉我们,曾经有一只考察队擅自闯进了可可西里,好多天都没消息。后来派搜救队,派飞机,都没找到他们。

"你们会不会定期进去搜查有没有盗猎者什么的?"我问。

"会,一般进去少则一个礼拜,多则十天半个月。"

"晚上睡车上吗?"

"看情况……时间长的话,会搭帐篷,晚上特别冷,扛不住的。"

"可可西里有多大？"

"45000平方公里。"

听到这个数字，我们怔住了。难怪那支消失的考察队会找不着了。在我们离开动物保护站的时候，守卫告诉我们，千万别试图偏离公路，否则很危险。我们点点头，心有余悸，哪敢冒这样的危险。后来的路上，我们一直沿着公路朝前走，途中又遇到了藏羚羊，而且是成群的，公的母的都有。这使得我们的心在紧张之后，再一次活跃起来。

如果我有孩子,一定带他来香格里拉

   //

路过甘加草原的时候,让我想起2013年在香格里拉。

那是我第一次进藏,走的滇藏线。从丽江搭车到香格里拉,我与结识的昆明摄影大雄,以及刚从美国回来的辽宁老爷子一起待了几天。在香格里拉逗留的时光,最令人难忘的不是那里神秘的美景,不是雪山、湖泊或大草原。真正让我不能忘记的,是那些孩子们。

记得那天到达香格里拉的时候，天还在下着雨，我们在古城外找了个客栈。晚上在古城里简单逛了一圈后，第二天一早决定去大草原骑马场。骑马场的设备很简单，但草原很大，也很宽阔，远处隐隐还能看见几个蒙古包。那天，天很蓝，天气很好。骑马场的人不多，孩子却很多。最大的也只有七八岁。我与大雄背着包，来到骑马场附近的一个木头架起的平台上。坐在那里，既可以看到别的驴友骑马奔驰在草原上，也可以看到这蓝天下美丽的风景。

更重要的一点是，这些孩子们喜欢跟我们玩儿。

他们的纯真的笑容和眼神，以及我们听不懂的话，完全征服了我们。大雄将路上准备的一些干粮和水果都拿了出来："来，送给你们吃。"孩子们可能也听不懂我们在说什么，但看到吃的东西，他们立刻欢快地跳了起来，争抢着围住了大雄。

孩子永远是干净没有杂质的，在他们看来，与我们之间的关系是没有任何陌生可言的。他们喜欢你，就会亲近你，不喜欢你，就会远离你。永远不会像大人的世界那样充满猜测与质疑。就像《后会无期》里的一句台词说："小孩子才分对错，成年人只看利弊。"

所以即使过去很久了，我也一直珍藏着这段时光。

↗ 孩子们坐成一排，让我想起了自己的童年。

↘ 有蓝天，有白云，有空气，有阳光，有草地，有牛羊，那么生活的困苦就不算什么了。上帝给了他们另一种我们体会不到的幸福。

"小苏，帮我们拍一张。"大雄跟我说。我一愣，只顾着拿相机拍这些孩子们了，却忘记帮他留下如此美好的一瞬间。

正想给大雄和孩子们来一张合影的时候，孩子们突然朝我奔来，一张张花一样的脸孔几乎挤在了镜头跟前。

"给我拍，给我拍！"孩子们用藏语跟我嚷着，虽然我听不懂，但是大概明白他们的意思。旁边的一个藏族男子用普通话跟我们说："这些孩子要你给他们拍照呢。"我没理解错，原来陌生人之间除了语言，也可以用心灵读懂彼此。

"来，一个一个来。"我高举着相机，站了起来。可孩子们个个拉着我的胳膊，将我往木板地上按去。一个成年人，一帮孩子，我承认我输得十分开心。

"大雄，相机给你，你来拍吧。我被他们按在地上，起不来了。"我将相机举给大雄，孩子们靠在我怀里，开心得合不拢嘴。此时的我，也仿佛回到了小时候，变成了跟他们一样的纯真无邪。大雄拿着相机咔擦咔擦拍个不停，孩子们各种夸张的表情姿势，一点儿也不羞怯。而我们如此放肆的喧闹也引来了其他许多驴友的关注，他们都走了过来，不是拿相机拍下来，就是试图也融入这氛围中来。

孩子们很热情，对谁都不会偏袒。

后来，我回到芜湖，便将这些相片整理出来发到网上。很多朋友被这些孩子们感动了。

上海的一位七旬老太太看了这组片子，留言说感动得哭了。其实，不管是谁，看到这里，或许会心酸，或者会感动。因为孩子们的天空永远是那么的广阔，那么的蔚蓝。

生长在西藏边区，就像是一朵美丽的格桑花。

唯有面对他们，我们才能意识到自己内心深处曾有的那一份纯真。

前两天参加一个朋友的读书会，主题是讲关于西藏。朋友是个中年女人，一个人进藏很多次。她将路上的故事毫无保留地分享给我们。当时的我，坐在读书会的最后一排，一边听着她的故事，一边回忆着我的故事。朋友讲到某一个地方的时候，我印象很深刻。她说，很多人来到西藏之后为什么会觉得西藏是个洗净心灵的地方？因为西藏是个高原地区，空气十分稀薄，甚至会出现缺氧，人在这个时候大脑是空白的，不会有过多的算计、尔虞我诈，也就变得更加单纯。所以，我们在路上更容易结识到朋友，而他们或者是我自己，都觉得只要来到了西藏，好像一切都变得单纯，包括曾经那么复杂的我们。

朋友的这番话，我久久不能忘记。她的话有些道理。但我始终觉得，我们来到了西藏，来到了这里，使我们变得单纯，灵魂没有负担，并不是因为空气稀薄，更不是缺氧，而是因为这里的

合影,是这一天最幸福的一件事了。我与他们每一个人的相遇都定格在这里。如果以后有孩子了,我一定带他来香格里拉。我要让他懂得,不管生活多难,都要开心地活着。

人。他们让这个地方变得那么纯朴,那么神圣,那么令人向往。

所以在读书会上,我就想到了这些孩子们。

离开骑马场的时候,已经下午了。我们跟孩子们竟然一起玩了好几个小时。

就在我们要离开的时候,其中一个小女孩突然抓住我的胳膊,说着我听不懂的藏语。

"你说什么？我听不懂，谁能翻译一下。"

"她想看你相机的照片，她说让你拿出来送给她。"翻译还是刚才那个西藏男子。

我鼻尖顿时感到一阵酸楚。"大雄，到时候我们到古城里找找，看有没有洗照片的地方。"

"好的。我也正有此打算。"

我坐了下来，小女孩偎依在我身边，认真地看着我翻片子，她偶尔会用手指比比划划，说一些我听不懂的话，但我知道她很想拥有这些照片，或许，她很想留着这段时光。于是，我越来越不相信，曾经的一个驴友对我说一番话了。

他说，这些藏民的孩子原本是天真无邪的，纯朴得就像是碧塔海里的水一样干净。只是，后来来藏旅游的人多了，很多人都用各种各样的小零食、小礼物对孩子们表示友好，给他们零食的人越来越多，到后来，如果孩子们的一句"扎西德勒"换不到游人的零食，他们便朝游人扔石子，或者说一些难听的话。

近距离接触过藏民孩子们之后，我不再相信他说的。

后来，有一位孩子的母亲走了过来，跟我们闲聊了几句，说是很感谢我们能这样陪伴他们的孩子。其实，我和大雄更感谢他们的陪伴。

"现在城市里的孩子真是幸福极了，也被宠坏了。哪里会像这些孩子一样呢?"

"环境和条件不一样吧。"

"可小孩子的世界都是纯净得像白纸一样。但现在城里的孩子,都懂得太多,真是不可思议。"大雄叹着,回头又看了看这些孩子,说:"以后我有小孩了,一定带他来看看这里的孩子们,想让他知道幸福得来不易。"

差点死在虎跳峡

过了昆仑山口,就到了青藏高原的边界,宽阔的可可西里竟然就这样过去了。大家都下了车。一个白色的藏式踏上,不知是谁用黑色油性笔写着:"在路上祭奠青春。"

"小苏,这是第二次进藏了吧?"大块头叔叔问我。

"嗯,是啊。明年还想再来呢。"

"第一次走的什么路线?"

"滇藏线。"

"有做过什么疯狂的举动吗,为青春?"大块头叔叔抽着烟,吐了个眼圈,指着白色踏上那排字,问我。

我顿了顿,告诉他:"那一年的滇藏之线,我这辈子都忘不了,不仅仅是第一次一个人进藏,更重要是认识了很多朋友,经历了许多以前不敢想的事情。"

"说一个听听。"

"徒步中虎跳,当时就三个人。我,大雄,还有个老爷子……"

虎跳峡,以"险"闻名天下,"山路不寻常,寻常不险峡"。其主峰海拔高达5596米,站在对面山腰仰望,恍如身在峡谷底下,而脚下踩的那段窄窄的崎岖的小道,更显得力不从心。山风汹涌,吹得人心惊胆战,双脚发软。

这是我第一次站在高处,腿一直发抖。

西岸山峰高出金沙江面3000多米,比美国地狱峡谷还高出600米。不管是走在上虎跳,还是中虎跳,站在任何角度,都觉得似乎离地狱不远了,天堂更近了。低头看下去,树木灌丛变得渺小,弯弯曲曲的公路像是一条正挣扎的白色蚯蚓,只有那江,恍如一条愤怒的金龙,欲欲腾飞的气势让人惊心,又意外。

身入谷中,所有的一切都变得千奇百怪:看天是条缝,看江一条龙,头顶绝壁险峰,脚临激流涌波,不由得心惊胆颤。但由于山岩的断层塌陷,造成无数石梁跌坎,形成江中礁石林立,犬牙交错,险滩密布,飞瀑荟萃。

险窄的路变得更加难行,其中中虎跳这条路线最令人向往,激发人的斗志,谁都想去探险,挑战自我。

我与大雄,还有来自辽宁的大爷,准备去挑战一次。但由于背包太沉,大爷上了年纪,所以在准备进入中虎跳之前,我们都把背包寄存在了客栈,只带了一些干粮和水,还有钱包。

↘ 俯瞰,金沙江汹涌澎湃,气势如虹。

早前在网上看帖子，有网友说中虎跳有道令人抓狂的二十八拐，不仅尘沙翻涌，山石密布，还有种英雄气短的折磨。爬过这二十八拐的人，都知道其中的厉害。如果不是经常徒步的驴友，或者是体力不足的，他都不建议大家去挑战。所谓的二十八拐可不是山路平坦的弯道，而是呈上坡状，跨度很大，没过两个石阶就开始拐，走过两个拐就气喘吁吁，腰腿酸软，几乎想要放弃。

所以听到大雄跟辽宁大爷说，想一起去徒步中虎跳的时候，我有点犹豫。

"小苏，跟我们一块吧。反正大家都走一条路线，何不在中虎跳感受一下呢？"大雄是一个富有冒险精神的男孩子，他当然不会担心。可偏偏我在来到丽江前两天的一次骑行中摔伤了。我不敢肯定自己能不能走得过去。因为是山路，四周又是悬崖峭壁，万一不小心，后果不敢设想。

"我们会照顾你的。你一个女孩子如果跟我们分开，单独去拉萨的话，我们更不放心。"老爷子也劝我，我犹豫了很久，最后还是决定跟他们一起。倒不是因为怕女孩子单独上路有危险，而我早前就听闻了这个虎跳峡，很想去尝试一下。这次既然有这个机会，就不要错过了。

只是我们走的路线不太寻常，是逆着方向翻山越岭，观雪山、看云海、走崎岖路、过飞瀑流。在路上总能遇见几个迎面徒步过来的驴友。他们从起点来，我们从终点来，路上的遭遇大概也差不多。山林密布，各种虫子往身上钻，强烈的紫外线毫不留情地灼烧着皮肤，即使穿着防晒衣也没用。大雄的胳膊和背上晒得更严重，已经脱皮了，可以一层一层地撕下来。

"大雄，要不休息一下吧，你被晒伤了。"老爷子不放心，停下脚步说。

"前面路还很长，我撑得住的。"大雄咬着牙说，其实阳光这样毒辣，又不时有飞虫骚扰，他已经是靠意志力在坚持了。

第一天晚上，我们是在山中的张老师客栈留宿的。这是中虎跳上比较受驴友们欢迎的一家客栈。大雄休息了一夜，精神好多了，背上、胳膊上也没那么疼痛。涂了药膏后，我们继续出发。

从张老师客栈出发，我们徒步了很久，身上带的水几乎喝光了，而今天的暴晒比昨天更厉害，山路也越来越难走。可是老爷子的体力出奇地好，尽管他走得慢，但从没有停下来过。只在我和大雄停下休息的时候，他才会跟着一块儿停下。

在看到一条公路后，我几乎傻眼了——上中虎跳，必须得爬上一段公路，然后爬一段很长很荒、只有草没有树荫的山坡。远眺过去，还以为走公路是件简单的事情，可当公路就在眼前的时候，发现它的高度已到我胸前。胳膊刚一搭上公路的边缘，立刻条件反射似的迅速收回双手，那路面上的高温，可以煎鸡蛋了。

第一天走的路程。眼望去,遥遥无期。

　　大雄身手敏捷,已经被晒得脱皮的他,好像对地面温度一点反应都没有,他先爬了上去,然后轮到我,老爷子在下面托着我,大雄在上面拉着我。即便如此,这样的攀爬还是很困难,差点就失败了。大雄拉我的时候,咬牙切齿的,当时我真怀疑我的体重是不是该减了?

　　顺利爬上公路,瞬间又瓦解了我的自信心,弯弯曲曲、绵绵延延、缓缓呈上的公路就这样赤裸裸地暴晒在太阳下,前不着村,后不着店,一路上就只有我们三个人。尽管精疲力尽,但还是要坚持下去。偶尔看到一辆车飞驰而过,留下长长的、像黑色云雾似的尾气……走了一段公路后,就开始爬山了。刚爬了几步,就累瘫在地上。

后来知道,从张老师客栈往桥头走,逆着方向徒步,真是自找苦吃。走了两三天的路,才到始发的桥头。一路上遇到的驴友都是顺着方向,从桥头出发的,相比较开始的路段是很舒坦的,至少有公路,有树荫,路上还有小店铺。可是我们走的路,别说是水,就连山泉都没有看到。山上干干涩涩的,连草都显得没气色。

老爷子戏称这是不走寻常路。

其实,选择中虎跳,不管顺着方向,还是逆着方向,都是一条不容易的路线。

就这样,我们爬了很久的山坡,好不容易才看到一条弯弯曲曲、扭扭捏捏的小土路,窄得可怜。虽说环境有些恶劣,但在山坡上看到黑的、白的羊群,我们的心情顿时好了很多。还有几棵零零散散的小树,其中有一棵独立的伫立在山腰上,看着对面高耸入云的雪山、气势磅礴的云海。

路上,我们遇到了一个牧羊的大叔,他蹲坐在一棵没我高的小树旁,叼着根烟,说:"前面还很远呢,你们要加油啊。只要一直顺着这条小路走,就能看到客栈的。"我们听到客栈二字,瞬间松了口气,差点以为晚上会在山里露宿呢。

"不过你们这样走的话,估计要到下午五六点才能到了。"

我顿时有点泄气,因为我们的速度已经很快了。

大雄递了根烟过去,坐在旁边和他闲聊了一会儿,老爷子则杵着登山棒在看广阔的山色,而我瘫在斜坡上,精疲力尽。

再出发的时候,就开始翻山越岭了。一会儿崎岖上坡,一会儿陡峭下坡,旁边就是万丈悬崖,汹涌的金沙江怒吼着,敲打着碎石,溅起来的浪花厚重巨大。即使身在高处,也能清晰地听到浪涛翻涌,惊心动魄。峡谷的风声呼呼作响,从左耳传到右耳,高海拔的山风吹得脑袋发昏发胀,站在崖口,感觉身体就要掉下去似的。

站在峡谷的峰腰口上,背面是更高的山脉,积雪在山顶上,云雾缭绕,却寸草不生。山色黑黑灰灰的,看起来既壮观又可怖,有种人间地狱的感觉,又如仙境。

难道这就是"身在地狱,眼望天堂"的意境吗?

欣赏着大自然的鬼斧神工,又饱受着饥渴的折磨。尽管随身带了些干粮,但是身体缺水让人备受煎熬,以至于看着对面的雪山,我们都想伸出舌头去舔舔。

可想不通的是,走了很久很久,再回头看,像打转转似的,

↗ 身在地狱,眼望天堂。

↘ 这是途中就近的唯一一家客栈,对面的雪山云雾缭乱,壮观雄伟,这是哈巴雪山。

根本没有走出原来的山头。"小苏,现在你是什么心情?"老大爷在后面大声问我。

"累,渴,不想说话。"我大声回答他,空荡荡的山谷里回音不断。

"大雄你呢?"

"我很好,充满斗志。"

"小苏以前爬过山吗?"老爷子又问。

"黄山,泰山。"

"跟这个比起来呢?"

"那些不算什么了。"

"大雄你对这次徒步虎跳峡有什么感想吗?"

"有……"

老爷子这样一番调节,使得我们大家暂忘了口渴和疲乏,枯燥的气氛顿时活跃起来。然后,我们终于看到了水源——从山上流下的小瀑流,哗啦哗啦的,把石头冲刷得平平的、滑滑的,路面上滚落下来的白色小石子躺在水面下,显得山泉干净透彻,清凉无比。此时,顾不上形象和举止了,或跪或蹲,捧着山水,咕噜咕噜地往嘴里灌,一股清凉还有些甜甜的味道让我们欲罢不能。老爷子拿出一个空瓶子,对着流水灌了满满一瓶,然后仰着脖子,凸显的喉结一上一下,咕噜咕噜。

喝饱之后，无意间发现水流的方向竟然还插着许多根短短的佛香，老爷子说了句，这是"圣水"。

果不其然，再往前走不久，便见山腰的上方有着一座小寺庙，下方的一块大石头上刻着"观音峡"三个大字。所以，刚刚的山泉果真就是"圣水"了。

"只有努力再坚持一点点，就会看到希望的。所以，我们喝到水了，是吧？"老爷子很高兴地说，我们再出发的时候，体力基本恢复了，精神状态也好了很多。

快到晚上的时候，我们住进了哈巴雪山对面的一间小客栈。

第二天一早，看着美丽的哈巴雪山，整个身体仿佛被赋予了一种不可思议的力量。所以，相比昨天，今天的我们走得十分顺利，遇到坎坷，大家都笑着走过去了。

终于走到二十八拐前，我们有些胆怯了。在路上遇到的那些过来的驴友都声称，二十八拐就像是来自地狱的恶灵，相当折磨人，走着走着感觉就要魂断虎跳峡了。路上，灰沙厚重得像是女人脸上涂抹的厚粉，看得吓人。一步一个脚印，又深又重。

不由得想起昨晚在客栈的时候，一个驴友抓狂地说，路过二十八拐，等于在水深火热的人间炼狱走一遭。走不过三个拐，心脏都要出来了，人的意志力在这一刻接受极致考验。驴友的话在我的脑海里扎了根，所以，当路人告诉我们前面就是二十八拐的时候，腿不由得颤抖，抽筋似的。

"前面的我们都走过来了，这里的还怕什么？"老爷子鼓励着。

"就是，别像小马过河一样，只听别人说。"大雄也安慰我。

"好的，走。"

三个人互相望了一眼，便一鼓作气，撑着登山棒，一个跟一个往下走。

不过，还真是应了一句老话：上山容易下山难。

乱石密布的下坡左拐右拐，挑战着每个驴友的体力和耐力。路面尘沙厚重，山风只要一不高兴，白色的尘沙便开始在风中肆意挑衅，害得我们身上、头上、鞋子里外全是灰沙。下二十八拐的体验比上二十八拐来得稍稍轻松点，但腿脚发软的难堪十分折磨人。一旦下了这魔鬼般的"拐"，腿脚就不受控制地一直往下，有点"冲冲"的惊险。

身体停不下来的错觉，让人恐慌。

其间，又遇到几个外国年轻人，他们驮着重重的背包，在二十八拐中，显得十分吃力，他们穿着短裤，T恤衫，任太阳毫不保留地暴晒皮肤，甚至连遮阳帽都没有，但见到我们，总是笑着打声招呼，气喘吁吁的呼声中，这些友好的问候显得分外清脆。

互相鼓励后，我们背道而驰，继续行程。

在极度劳累、疲倦、饥渴的困扰下，我们虽然成功战胜了二十八拐，但前面的路，离始发站的桥头还有一段好长好远的距离……

只是，有时候人生就像是二十八拐，七拐八拐，累得半死之后，发现前途依旧茫茫，前面的路上还是很远很远……看不到终点，也没有明确的方向，只知道路一直在延伸，没有尽头……却依旧要拖着疲倦的身子和快要耗尽的意志力继续往前走。

但所幸，我们一路都没有放弃过。

又一次,与你相逢

我从遥远的地方来,从遥远的地方归来,只为看你一眼。跋山涉水,翻越云端,只为在你的怀里,让尘世喧嚣的心灵稳稳睡上一觉。

我一直以为,你很远,在一个我无法触及的地方。直到那一年,我来了,直到这一天,我又要来了,才发现,你不远,远的,是没有勇气走出去的我。

好在,千山万水,我在远方,怀念你。天涯咫尺,你我,即将相逢。

偏偏西宁一夜,站在窗前,直飞的航班突然休寝,我们也只能仰望星空,放下埋怨,静等日出。不禁,入了一个梦——你我天涯咫尺,但一山半水,竟又是咫尺天涯。好在,我不急,一夜星辰,太阳升起,我离你,又近了一步。

终于,降落在高原。脚尖轻触地面,3000多米海拔的巅峰,我恍若一朵久未盛开的花,虽然平凡,但从遥远的平原来,我亦不再平凡。所以,我来,你不言语,我走,你亦不言语。只当我怀念你时,你便知道,这一天,我已抵达。

是的,我已抵达!

我恍若一个外来世界的人,一次又一次,闯入这圣洁的雪域,不为喧哗、不为繁荣,只为高山上,那虔诚的人。

在拉萨任何一个街角,都能看到五色经幡温暖的颜色,这让每一个不远千里而来的人都感到温馨。而拉萨街头,转动经筒更是内心一种虔诚的祈福。放下背包和三脚架,我索性找了个门槛坐了下来。看着熟悉的一砖一瓦、来来往往的陌生人,我的存在,亦如空气一般。所幸,与你靠近,我还是显得芬芳。下午日光尚好,云朵分明稠密,隐隐约约遮掩着蓝天。围绕着布达拉宫,闲

↗ 青藏线上，尕海。个人感觉比青海还要漂亮。

↘ 5月底的拉萨，游客还是比较少的。

散地走了一圈又一圈。而熟悉的广场上，人很少，寥寥无几。盆栽的花开得鲜艳，一阵驻足，突然想起了那年那天晚上的最后相聚。

如今，我又来了。只有我一个人，莫名的感伤绕上心头。抬眼看着你，你还是那么庄严肃穆，带着点点神秘。但那个晚上，在你眼前，我们放任得肆无忌惮，欢声笑语，最后哭得稀里哗啦。只因离别，任我千般不舍，还是不能阻止。约好明年某个时候再见，现在却只有我一个人站在这里，你的眼前。

收拾起感伤，我背着包继续前行。

虔诚的人，是值得敬畏的。朝圣者的叩拜，是我们这些凡夫俗子不能读懂的。表面上的敬佩不过是一瞬间的虚空，能真正体会的，也只有他们自己了。我静静看着他们，一边走路一边转动小小的经筒，也有人一路跪拜。不言而喻，这是虔诚者内心的世界，他们眼里所看到的，或许就跟纳木错的湖水一般，透彻、湛蓝。在阳光下，被拉长的影子，显得不可亵渎。路经大昭寺的时候，本想进去看看的，只因队排得太长，喧嚣的人声在白墙红漆下，分明太拥挤。无奈，站在远处，默默观望，让呼吸平静。原来，你的高山上，云集着如此多的圣洁之地。

但令我真正感动的是，你怕我一个人在路上显得悲伤、孤独，因此在风雨冰霜之后，太阳复苏，云层漫开，你假装不经意间，赋予了我一份此生最难拥获且是唯一的礼物——当雄县那道奇迹般的双层彩虹，暮色将至时呈现在我的眼前。虽说外道并不完整，但内层完美的弧度，瞬间直击心灵深处。

我像是，靠近着你的胸膛，轻听着你的心跳，只为穿过高山，抵达你的心扉。山脉绵延不绝，白雪皑皑，沿着公路，跨过平原，翻过高山，终抵达你眼前。

我想，这一刻，你在我眼前，我也在你眼前。

沿途，你的容颜始终静默，尽管瞬息万变，但宠辱不惊，仍是你原来的样子，透着骨子里最深的，平静。

夜晚，快十点半的时候，布达拉宫的灯要熄了。游人不多，比起去年这个时候，这里显得尤其空荡，甚至清冷。路灯把影子拉得好长，我好想你把它拉成两半，另一半竖立给我做个小伙伴吧。可风吹过，身子一阵颤抖，我还是一个人。好在已没有了离别的泪水，留下一点慰藉，为自己感慨。

从一开始，我就不曾要去征服你，当初我只想勇敢一次。而这一次，又一个开始，我依旧不想去征服你，我只想征服自己。

我不知道未来的路还有多远，也不知道天亮以后我要去往的前方是哪里。一切都充满了未知。而我既然活着，就不得不去冒险。这可能就是不能逃避的宿命，每个人生下来都要注定经历一场冒险。而你，就是我要去征服自己的一次冒险。如今，又一次

真真切切地站在你面前，没有那般喧嚣，安详宁静，你能听清楚我心跳的搏动声，我也能感受到你褪去白天的肃穆和庄严，留给黑夜的仅存的温柔。

终于，灯熄了，好像你要睡去了一般。

我仍静静站在广场上，稀少的人群也渐渐离去，终于，只剩下我一人。

漫天的黑夜，不见星辰，路灯渐弱，我的目光开始显得模糊，转过身去，还是忍不住哭了。——原来，一个人撑起坚强是不容易的。原来，一个人坚强地征服自己，又是这样的骄傲。原来，有时候泪水并不代表失败和悲伤。

第二章 【近处】江南烟雨曾初见

一生痴绝处,无梦到徽州。烟雨中,最美的还是戴望舒笔下的《雨巷》。大好河山比比皆是,但染烟里的粉墙黛瓦又要去哪里寻呢?诗人情怀下的丁香花一般的姑娘又有几个呢?古老徽州,烟雨江南,除了画一样的风景,还有诗一样的故事。

从西藏回来之后，我休息了一段时间，也开始认真地投入工作当中。我一直以为，远方，才是我们这些被约束在城市角落或深处的年轻人所向往的。似乎只有远方，才能找到我们真正想要的。比如，失恋、失业、创作遇到瓶颈、工作不顺心……好像只有去远方，去一个陌生的地方，才能解决问题。远方，当真如此神奇，是治疗一切伤疤的良药？

去了两趟西藏之后，我才真正明白，远方的真正意义。

我们一直以为，只有远方才有我们所不知道的故事，只有远方才有我们所没有见过的风景，只有远方才有我们所不知道的世界。

但其实，旅行，不一定要去远方。

而我们要去的远方，并不是指距离的遥远。

如果说，我们看不见身边的故事、身边的美、身边的世界，那么这远方才是真正的远方。

所以，有很多读者朋友问我，你去过哪些远的地方，最喜欢哪里，我总会告诉他们三个地方：西藏，江南，徽州。前者，是身的远方，后两者是心的远方。当有一天，我们从身的远方归来，不管它在哪里，有多远，都不要忘记，也不要忽略了心的远方。通俗一点，好风景不止是在千里之外。百里之内，也有它自己的故事。

西递与三号小镇

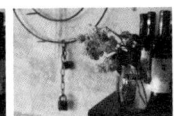 //

沏一壶茶,坐在卷帘下,听着雪花绽放的声音,这大概是我从所未有的待遇。

我来过西递无数次,但在下雪的时候来,还是头一回。

有些时候,去往一个地方,并非慕名,也非图缘,这是一种无法解释的悸动。就像此时,我坐在卷帘下,风拂过一片小竹林,掀起飘雪纷落，这又是谁能想到的呢？就连我自己，都觉得是场梦，不敢用力呼吸，怕一不小心梦就醒了。

若不是茶香弥漫，我又怎会甘愿醒来？舍弃这风花雪月一般的梦境。

一切归来，总是离不了一个缘字。

"丹卿，要喝什么茶？"这是之西同学的声音，一个看起来很粗狂的男生，竟迷上了这如诗如画的徽州，因此他选择在西递留了下来。而我和他的相识，也缘于徽州。

"铁观音。"这是我们第二次来三号小镇喝茶了。起初，我以为眼前这个四十有余的恬静女子就是三号小镇的老板娘，后来之西告诉我她不是。但真正的主人是谁，我也没有多问，反正我喜欢的就是眼前这个女子。

"今天又过来了？"她将茶水端上，问。说话的声音，一如往常的温柔。（第一次来的时候，就被这声音给迷住了。）

"是啊，丹卿同学来了，就带她过来坐坐。"之西笑着说。

"我喜欢来这里。"我说。

似乎所有的事情都是生命中安排好着的，不论是生还是死，总有定局，也是最好不过。所以，我才喜欢来西递，来这里坐一坐。廊棚下，一张长桌子，几把靠椅，凭栏处的小卷帘子或收或拉，坐在这里，看雪，哪怕是发呆，也无须过多思考，或是埋怨为什么悲伤总是强占了快乐,为什么快乐总是那般短暂。好像来到了这里,我就可以什么都不用管了。

一切,都是缘,都是最好的安排。

所以,在认识之西之前,我不止一次来到西递,可我从未发现这个地方,也从未想过原来西递还有这么一个去处。或许一次又一次的错过,也是一种安排。否则,我又怎会趁此认识了之西?怎会以新的面貌来到了这里?

所以,有时候,有些事情真是急不得的。待挑个日子来的时候,就这么碰上了一场雪,还是早春的时候。来到西递,就这么认识了一个朋友。所以,之前种种的错过,都不该去埋怨什么了。不然,我可能会再错过眼前如此恬静的女子。

"坐在这里,即便不说话,都觉得是种享受。"

喜欢一个人安静地待着的姑娘们,这里倒是很适合。往往,我也是这样的,坐下来了就不想再起身走开了。

所以在夏天,我又来了。这时的三号小镇变得活跃起来,墙上的藤子长满了绿叶,还开了许多白色小花。而她依旧还在这里,平日里都是一个人待着,这符合她的性情。(我与她交流不多,但她给我的感觉就是一个恬静的模样,而且,她喜欢看书。)廊棚下,挨着墙的一个旧的柜子上,放着一个盛着半杯水的瓶子,里面插着好几枝粉色的野月季。我想,这应是她的精心布置。

↗ 夏天,院子里一片青绿,比起外面火辣辣的太阳,这里清凉了许多。

↘ 盛夏,她在路边采了一束野月季插在瓶里。

"真是太漂亮了。"我惊叹,不禁对她又多了几分倾慕。

"路边看见的,就摘来插了几枝。"她很谦和,这更令我心动了。"以后,我也要开个小店。"这是我一直以来都有的想法,只是这想法最早是在西塘的某一个巷子里萌发。"客栈吗?"她问我。

"不。我喜欢喝茶,也喜欢麻布的衣服,我要一半茶烟,一半霓裳。门前,最好还有棵树,梧桐最好。"我说着,脑海里在幻想着这样的画面,这应该是每个女生都有的梦想。

咖啡店,衣服店,首饰店,原创手工艺店,甜点店,书店,小茶馆等等。

"我可以拍它吗?"指着野月季,我问她。

"当然。"

"丹卿就是个摄影迷。"之西在一旁笑着。自从认识他后,每次我来西递,来到三号小镇,之西同学一直都在我身旁。我将野月季放在了地板上,从架子上拿了几本书来,然后开始一组再创作片子。她很好奇,看着我以各种夸张的姿势拍摄这再普通不过的野月季,以及几本书。可是她却不知道,这野月季在遇见她之前是普通的,遇见之后,就不再是普通的了。否则又怎会让我如此兴奋得没了规矩。

"真想看看你到底拍得怎么样?"她说,一直在我旁边看着。

"等下拍好,我给你看。"

"你还是别等了,她一拍照就是个疯子,要很长时间的。"之西说,他似乎很了解我。悠然自得地坐在桌子跟前,一边喝着茶水,一边跟后来来的一个男孩玩着"挑棍子"游戏。

"我天天在这里,都习惯了这里的布景。偶尔换个花样,倒觉得特别好看。"她说。是啊,就像去某个地方,来过一次,不算是真正来过。总要来个几次,仿佛才能读懂一点点。三号小镇是个喝茶读书的地方,也是个就寝的客栈。里面的布景,应是主人家的喜好。只因她说,她习惯了这里的布景,自然也不讨厌。偶尔换个花样,好像一切又不一样了。所以,才有了现在的野月季。

而我,对于西递,只能很惭愧地说,这算是我第二次真正坐下,聆听这个地方。以前无数次走马观花地经过,无数次只知道用镜头去拍这个地方,实在是一种辜负。所以在离开三号小镇时,我很认真地走过西递的每一个角落、每一条巷子,甚至连一砖一瓦都不放过。但有时候,刻意的认真和不经意的发现还是有很大区别的。

因此,我仍是辜负了西递,于是,后来总是来得频繁。

巷子、店铺、石板路,一切是如此熟悉。像是篱笆里的一朵花,开了谢了,还是旧年的样子。只是,看在我的眼里,却是一年又是一年的变幻。从单纯到复杂,有些可怕。

微博上很多朋友一看我发了几张徽州的片子,就给我留言:

你又去徽州了？又去黟县了？又去黄山了？这次又是哪个村？你怎么那么喜欢徽州？

是的，我又去了。是的，我确实很喜欢。

——为不辜负这里，我宁可用以前所有的相遇换这只有一次的倾听。

听，花开了，飘在空中。听，花笑了，落在发梢。听，花呢喃，丢在了我的心里。

终于，我拍好了野月季，桌上的茶水也凉了，不过没关系，人还在。

"这茶你还喝不喝了？"之西埋怨着。

"喝，当然要喝。"拿起杯子，小酌了一下，喝酒似的，其实我不喝酒。

"味道挺好。"我说着，放下茶杯。而她也忙去了，陆陆续续进来了不少年轻人，她依旧轻声与人说话，端茶送水的模样都十分温柔。就像是院子里遗落在墙边的一张红竹凳，我们就那些攀藤的叶子，凝望着眼前这抹安静的红色。

西递 · 画秋

//

　　转眼入秋,北京还是很热,沉静下来,原来已过去一年。物是人非,时间莫名变得很快,从天堂到地狱,路过人间的那几年,不过从出生到死亡,又看见了轮回。可突然有一天,你说我们没变,可恨北京只是一个站牌,来了自然也会走。这对我是从天堂到地狱,对你,这一直是人间。而轮回,不过是叶子红了。

↙ 倒映在明经湖中的西递。

　　北京的繁华仿若是多年以前的事情了。峰回路转，我仍是在门前的一个院子里，幻想着我的生活。在我看来，最幸福的无非是最平淡的日子。遇人，择城，育儿，至老，再养只狗，或是一只猫，粗茶淡饭，修篱种菊，是最好不过的了。

　　他总说，来北京吧。

　　可我想找个平淡的地方。

　　比起北京，黟县不够富饶，也没有过多的繁华与喧嚣。人间最美的那几年，我留在了一个书画般诗意的小村庄里，古老宁静，婉转清幽。这里没有都市的爱恨迷茫，也没有错过与得到的失意，因此，我宁可北京只是人生中经过的一个站牌。

这是一个没有远大志向的小人物的梦想，说白了，一日三餐。我一直以为，去北京、在北京认识他，可能是生命里一个重要的组成部分。但终究还是另外两个地方承载了我的人生。西塘，西递，一个爱情，一个生活。

趁个早秋，大地初妆的时候，我又来到了西递，明经湖的荷花已经谢了，也有被村民折断挏走的，只是叶子还算翠绿。牌坊依旧，古老沧桑，立于湖畔苍穹之下。

"你又去黟县了？"他发来信息。

"是啊。"我回。

"北京的叶子都红了，为什么不来？"他紧接着又发了一条过来。

我沉默了。这句话里到底是有多少埋怨和期待呢？在遇到张先生之前，我跟他就认识了。但我一直不知道他是喜欢我的。直到有一年夏天，我去了北京，他招待的。在北京待了不到三天吧，我就要飞到杭州。但那时张先生已是我的男朋友。送我到机场的那个早上，我们在候机楼等了很久，他一直陪着我，直到我睡着。后来，他告诉我，那天早上，他一直在看着我。

"我竟然没想到，我会买一张机票把你送到别的男人的怀里。"他很气愤,也很懊恼。我没说话,一切来得太突然。所以,北京我不敢去了,我怕生出误会,也怕失去这份友谊。可是,当他愤怒地说出这句话的时候,我们的关系已经失去平衡了。

站在明经湖边,我不知道怎么回他这条短信。后来,索性不回了。但并没有关机,我怕张先生会打来电话。在我心里,只有张先生一个人。

"世上有两个你多好。"记得以前,他说过这么一句话。但我庆幸,这世上只有我一个。

顺着湖畔朝前走,我应该将那些恼人的思绪丢掉。

牌坊底下,湖畔边上,村民们晒着玉米、萝卜干,还有野菜,平淡的日子一览无遗,这正是我想要的生活。人上了年纪,便不想再折腾,总想能有个带庭院的房子,种种花养养草,一日三餐,不求繁华,只愿生活平静,淡若清水。

不明白,我这样正值青春的大好年纪,却有超乎年龄的淡然心境,这也许是因为西递。

也可能是怕了北京。更或者,是烦了那些纠葛。

穿过门道,一条清幽的小巷顺势而来,斑驳的青砖旧墙,已腐朽的红木窗阁,曾经艳丽耀眼的描金线条也都淹没在岁月的尘埃里。爬上砖墙的蔓藤还是夏天的模样,只是叶子,恐有"小轩窗,正梳妆"的意思。路上遇见的文艺女学生,也不晓得她们手

↗ 秋天，是徽州的丰收时节。村里人将收割的玉米等杂粮铺在太阳底下晒着。

↘ 秋已至，却还是能看见一抹抹春绿。

里的笔,是在画着夏,还是抹着秋?生命不断繁衍,旧的东西兴许要亡,但总有些回忆,难以抹去。可能正撞上秋天,这样的思想来得强烈,隐隐竟然还能听见过去那嘈杂的声音,从风中来,从远处来,从一砖一瓦来,断断续续,掺夹着古老徽州的苍凉与兴衰。

但细听,这声音里还有北京的影子。

手机又响了一下,我知道一定还是他。

"昨天,我去了北海,还有南锣鼓巷。秋天,那里更漂亮了。"

确实是他。

突然,我想给张先生打个电话。可他在忙,最近工作一直都很忙。张先生不知道北京这个他的存在。我从未想过隐瞒,只是没说。怕说了,他会不高兴。他会以为,我之前跑去北京都是去找他,那就不好解释了,甚至越描越黑。但张先生是个通情达理又十分懂我的男人。所以,即便他知道了,也会笑笑调侃我:"你的故事还真多啊。"

心情顿时好了起来。

西递如今的生活气息,想必是那些苍凉与兴衰都随风去了,不必时刻惦记,偶尔翻阅,也能证明一切。

眼前错落有致的白墙灰瓦间,突然一缕青烟散来,天色还没黑呢,村里的人就开始生火准备晚饭了。这与都市相比,乡下的生活简单得像一盆清水,不怕时间不够,也无需担心流逝,日出、日落,一天就这么过去,早饭、晚饭,关上灯,黎明也就不远了。

如此闲散,在忙碌中找到安逸,怕只能是在西递了。

所以,我喜欢西递。

深巷陋弄里,悠长的时光拉远着过去和今天的距离,斑驳的砖缝里繁衍着生生不息的故事,哪怕只是瓦檐下掉落的一片叶子,也能听得见被时间所掩盖的声音。有人说,这是清朝初期的鼎盛篇章,也有人说,这是牌坊下胡氏家族的历代春秋,又或许分明就是那绣楼里的爱恨纠缠……瞬间,仿若过去的一切都被沉淀在尘埃里,兴许某年的一个秋天,风吹过书的页面,翻开旧年的一章,没准儿那些不曾被记载的年代就从满山的野菊或是从腐朽的木雕里渐渐露出真容……

这是生活里,每个人都会经历的过去,正是因为不一样,人生才显得饱满丰富。包容着细腻和粗狂,洋溢着喜悦,也充满着悲伤。这是一个人的一生,也是一个地方的一生。只是在来来去去的寻寻觅觅当中,我们不曾注意身边,只是觉得能在这里活着,是最好不过。

这就够了。

这牌坊下,于红尘中来来往往的痴男怨女。

"我喜欢慢生活,北京不适合我,我也不属于北京。"我给他发了这条信息。他没有回我,估计是明白了。

我的心也踏实了。

看着西递,尽管只是刚刚入秋,一切尚早,叶子未红,柿子没熟,秋日的阳光还不曾拨开云层,村口的向日葵开得漂亮。夕阳洒下的光束,让都市的爱恨迷茫在一瞬间都被融化。整个村落陷入慢时光状态中,花开得慢了,叶子落得慢了,天气晚得慢了,时间过得慢了,人们的步伐慢了,笑声慢了,说话慢了,就连心跳也慢了。一瞬间,整个世界不再奔波,不再挣扎,有种归去故里的从容。

而我,不必因他,再生出内疚。

日子久了,时间长了,历经了一些事,遇见了一些人,不懂的,想不通的,一夜之间,就开了花,什么都明白了。

而那时的我,再想想今天,想想北京,一切也不过如此。这是生命里总要经历的,或者说,这就是青春,我还年轻。但青春的美好在于,不伪装,尤其是一份情感。

喜欢就是喜欢,不喜欢就是不喜欢,爱就是爱,不爱就是不爱。

所以,我总来西递。至少在这里,我不会欺骗自己。

所以,我才更贪念过去的日子,怀念散淡的生活,哪怕一日三餐,粗茶淡饭,没有电脑,没有手机,只有一台枯燥对白的收音机。当然,身边需要有个人陪。只是时间长了,日子久了,这过去也就变得奢侈了。我们总妄想在浮华的年代里,找到一处回归最初的地方。

所以,我来到西递。

世界,转一圈,终究还是会回到原点⋯

↗ 巷子悠长悠长的,虽然没有下雨,但青石小巷却温润潮湿。

一双绣花鞋的归来

我认识这么一个女人,能干,才气,善良,但很多愁,也很柔弱。她很纤瘦,高高的个子,很短的头发并不影响她独有的清秀。

我总觉得,她该活在民国。

她的身边,围绕了太多男人,太多有才气的男人。

我们互相称作——妞。

一双绣花鞋。至今已有三年。

记得有一次我穿着从四川淘来的绣花鞋来到徽州,就想起她来。当时下着雨,一块块青石板上残留着雨痕,鞋子在巷子里走过,轻易就被打湿。记得她跟我说过:"妞,我一直很喜欢那里。"那里是哪里?就是这里,徽州。

她喜欢穿棉麻的衣服,喜欢衣服上有盘扣,喜欢旗袍。有些时候,我总以为她就是我,而我就是她的一个影子。我脚上的这双绣花鞋如果是她穿着,可能更合适。甚至产生错觉,她就属于这个地方。

她是东莞人,但她一直很想来徽州看看。兴许,跟她的爱情有关。但她的生活离徽州又是太远太远,她总羡慕我,离徽州这么近。好像推开门窗就能看见一样。我之所以猜她想来徽州与爱情有关,是因为她的爱情太像徽州的女子。只是前者在滚滚红尘中一直等待,后者则是虚掷青春,苦等男人回家。

徽州,总有旁人看不到的东西,哪怕是一块砖,一片瓦,甚至墙缝。包括我在内的很多人都好奇这东西到底是什么。也许是故事,也许是某个物件,也许是一个人。又或者是,它分明是在等一个人回来,找出一个物件,翻出这个故事来。

所以,我总是来徽州,一年好几次,不厌其烦。

"妞,你又去了?真羡慕你。"她说。

"什么时候你过来,我带你去。"

"可我没有时间……"她总是这样说。确实这样,她的时间全在工作里。她不能停下来,否则,她会哭泣,会受伤。她的故事就像是一部小说,悲情的书。倘若看这本小说的人,估计会恨得撕掉这本书。是的,我也常常骂她,可她太善良,太柔弱,太容易相信那些如诗一样的爱情。

"想来,就来吧。"我劝她,但不为难她。

"妞,我看你好像有双绣花鞋吧?"她突然问我。

"是的,很多双。最喜欢的一双还是从四川淘来的。"

"真好,我也喜欢。"

"有机会穿着它来徽州。"

"好。"

我一直记着这番对话。也一直在等她真的会来,穿着一双绣花鞋。如今,我穿着绣花鞋来到这里,站在滴落雨声的瓦檐下,撑着伞。看着游人们的身影在雨中穿梭着,来来去去,好匆忙的样子。可没一会儿的功夫,就像消失了一样,巷子里,只剩下我。我望着脚上被打湿的鞋子,如果换作是她,一定会心疼落泪吧。刚认识她那会儿,我总将她和林徽因联系在一起。因为她的身边,围绕了太多有才气的男人。"我都不知道自己哪里好?为何有这么多人对我好?"这是她常常对我说的话。可时间长了,我发觉她更像是林黛玉了。

好多年前,总有人说我像是林黛玉。

但我发现,她更像。

她说,她这一世活得太像萧红和张爱玲。

"我想让一个男人好好爱我,可当我好好爱一个男人的时候,却发现这个男人太让我伤心,偏偏我又那么离不开……"

这不是她的原话,但这是原话的意思。她离不开的不是一个男人,而是许多对她好、对她用情至深的男人。她喜欢昆曲,喜欢宋词,她的身边就会出现这类男人;她喜欢中式服装,喜欢设计，她的身边就会出现这类男人；她喜欢创作，喜欢文字，她的身边又会出现这类男人。仿佛，她天生就注定了被一群男人包围。可她，只渴望一段平凡的爱情。

"我不知我性命多久？所以……才任性让自己由着性子活着。听着，我肯定是红颜薄命的。所以，我懂姚贝娜的最后一搏。"

她说这话的时候，我骂了她，很厉害。

"我相信这是宿命。只是想在离开之前嫁给喜欢的人。我这一世，活得太像萧红与张爱玲。"

她完全忽略我的愤怒，继续说道："我……我家……也算是有点钱的。但我逃离了，拼尽全力逃离这政治婚姻。妞，你帮我写出来，我找人拍出来。如果你愿意，这本书会帮你上一个台阶的。"

"顺其自然吧。"她这话说得有些远了。

"这么多年，我捧红了不少人，可我一直没对自己做过什么。"

她有埋怨，也很痛苦，我不知道如何安慰，只能一直听她说下去。就像眼前的雨，我不知道它什么时候会停，只能任它一直下下去。

脱下绣花鞋，我裸着脚，收起了伞，将它和鞋子一并放在了一起。一想到她如果看到这一幕会落泪，我就害怕。因此我将鞋子脱下收在了伞里。我跑到祠堂里躲雨，空荡宽敞的祠堂在修复之后仍是一片陈旧。毕竟岁月留下来的,是人们不能改变的。祠堂不大,但因空荡而显得凄冷。青石板上不知道积累了多少苔藓,新的旧的,老的嫩的,汇集在了一起,斑驳而苍翠。迈过门槛,往里走得越深,就越发有种强烈的感觉——

祠堂的背后,像是有一个人,我的背后,像是有一个人……

会是她吗?我猜想着,但不敢转身。

"妞,真的,我被他弄得一身是伤,爬不出去。"她说,又提到她的爱情。

晚上睡不着觉的时候,尤其过了十二点,她总会找我来聊聊心事。我说过,她是一个能干又有才气的女子,所以身边男人很多。但更多是想借她成名的小男人。曾经,她因一个年轻的歌手而陷入困境。也曾帮一个她喜欢的男人做宣传,替他造势。她明明知道,这个男人喜欢名声,尽管在他们的圈子里已经很有名,但他需要的更多。而她也明白,依旧义无反顾。到头来发现,他的故事早已完结,而她差点就成了插足的番外篇。

那天晚上,她说了很多,我一直在听。

"你骂我吧。"

"不,你需要被疼惜。"

听久了,知道多了,我竟然骂不出来了。

我想如果是她穿着一双绣花鞋,出现在我眼前,一定是静静

↗ 之所以着迷徽州，不单单是为了一场美梦，谁也有这样的梦：深宅大院里的大家闺秀，上不了学堂，却琴棋书画样样精通，待字深闺，思念心上人，却羞于启齿，每一封书信都触动心扉。

地站在门槛处，湿透的发梢遮掩着她一路走来疲惫的眼神。可能，还有些红肿。

不知道什么时候，雨停了，屋檐下依旧滴落着水珠，石板缝里似乎掩藏着什么，总觉得它会冒出来。只是，我无心再流连，只觉得，她好像真的来了，也许是一个人，也许是跟某一个男人，只是她没有告诉我罢了。我走出祠堂，又来到巷子前，雨后斑驳的砖墙上，青苔显得俏翠俏翠的，恍若整条悠长悠长的巷子里头，住着一个久违的姑娘。兴许，这个姑娘便就是她。我轻步寻去，欲探着身子，果真，石阶上被遗忘的一双绣花鞋显得格外亮眼……

是她脱下的吗？还是故意留下的？像是在哪里见过，花田里，白梨树下，还是粉桃树下？我想不起来，记忆顿时变得模糊。怯怯的，走了过去，捡起这双鞋子，我想，她一定是躲在某个角落里，偷偷望着我。她怕我骂她，所以不敢见我。

带着这双鞋，我开始寻找她的踪影。而她的故事，始终在我的脑海里。

"妞，你能把我的爱情写成故事吗？我是这样想的，如果我去了，也能给世人留点念想。让其他女子，不要走我的路。虽然这一切看起来很优秀，但对女人而言，其实很残忍。"她不止一次这么要求我，今天，她又对我说了这样的话。

可是，妞，你的爱情我只当故事来听听。

我不能写，也不会去写。你的爱情，不需要读者。

"你知道吗？我为什么喜欢徽州？因为徽州的女人对爱情很忠贞。"

"可我不是放荡的人啊……"她顿时着急起来。

"妞，找一个平凡的男人过日子吧。你身边的那些……虽然很有才，但生活其实是平淡无味的。"

"我懂。"

"你若真懂，就不会像今天这么痛苦了。"

"妞，我要去徽州，我要去找你，找你带我去徽州。"

"好，你来吧。"

我再次等着她来，也相信她会来的。

我将伞里的鞋子拿出来又穿在了脚上，湿湿的，像是她某一个深夜掉的泪水一般。直到有一天，她的双眼里长出了两朵黄色的小花，就像男人和女人，他们同时盛开，没有谁等待谁，也没有谁为谁苦守，从一开始，就相濡以沫，直至天涯。

这是她最期盼的爱情。

阳产读秋

　　去了那么多地方，走了那么多路，看了那么多风景，听了那么多故事，每一种人生仿佛在冥冥之中早已安排好了，就像我遇见你、错过你，开始与结局已不重要，真正的人生，应是过程，或漫长、或短暂，像是叶子落了，会悲伤吗？不会，那正是它的宿命。

有些故事，不一定要有爱情，它依旧可以修成正果。

哪怕是背井离乡，迁移深山老林四百余年的阳产村，会悲伤吗？不会，这也是它的宿命。否则又怎会遇上如此一处秋色如画、亦入画的世外桃源呢？

这个地方我从没有来过，印象中的土楼应是在福建那边才有。当老师告诉我去看看皖南那边的土楼时，我很意外。

"安徽还有土楼？"

"当然。依山而建。"

"我去皖南那么多次，从来不知道还有土楼呢！"

"所以带你去看看。"

天还没亮，一行人，一辆车，带着背包和相机就这么出发了。

不过这土楼很隐秘，若不是有特别熟悉的老师带路，我们恐怕要围着山里的羊肠小路转许久。可能正是如此吧，见到它藏在深山老林中的真面目时，不禁吃了一惊。

我难以准确表述我的心情，只能说赶在凌晨就出发，是对了。

起土砌墙，架梁铺瓦，一日三餐，粗茶淡饭。

这是阳产土楼给我第一印象。到的时候已是中午，有几户人家的炊烟袅袅升起，四周多是老林古藤缠绕，有种世外桃源的意境。

正好也是秋天，叶子刚刚红，寂静的村子在烟火中迎来了我们无意的喧扰。这像是一个远方的人来到了另一个远方，明明很

↗ 被包围在林海中的土楼显得十分寂静。

↘ 清早,我们爬上山坡,等着日出。

近，却是翻山越岭，拨开云雾，远离都市的繁华浮躁，顿时令人忘却一切。

刚到村口，村长就领着三个村妇走了过来，说："你们今晚入住这三家，人员安排一下，跟她们走就行了。"我有点恍惚，差点以为是在参加真人秀节目呢。我跟着其中的一个村妇朝她家走去，小路很曲折，搭建的石板路弯弯扭扭，却很坚实。村妇的家很远，我跟着她走了很久，下石阶、爬坡，途中还路过一间废弃的小学，村妇的家就在这小学后头。

"晚上你睡楼上，比较简陋，将就着吧。"她笑着跟我说，露出一排暗黄的牙齿。

"没事。"我笑着回她。在路上老师就说了，这地方条件很差，千万要做好心理准备。所以当我爬过又陡又窄又长又暗的木梯子时，眼前的景象反倒并没有预想中那么糟糕。

阁楼上陈列的东西比较简单，一张木床，一张梳妆台，一个衣柜。虽然梳妆台上有些灰尘，摆的东西也不起眼，但我却觉得越陈旧越过时的东西，往往越具有故事性。床铺被褥令人惊喜，竟然都是干净的，还是新的。

"真是个好地方。"我告诉自己。

"小苏，我们要去村子里转转，你去吗？"老师在外面问我。

"去。"我毫不犹豫。

今天的天气特别好，走在村子里的青石板上，像是回到了过去的某个年代里。高低不平的石阶铺就在楼与楼的夹缝里，脚步或急促或轻盈，像是跳跃的生命，在这个成熟的秋色里，展开了一场由心的探寻。

我本是跟在老师后面的，但走着走着，就分开了。

这好像是注定的，否则我又怎会遇见她呢？

只是岁月不饶人，她早已褪去曾是繁华的青春，这时的她，坐在门前的阳光下，洗着土豆，安静，不问世事。

"你好，奶奶。"我放下相机，蹲在她跟前。她抬头看了我一眼，没有说话，也没有表情，脸上的皱纹多得像是她一生所历经的故事。我没有再打扰她，只是坐在她对面的一块石头上。阳光穿过古树林照射下来，她身上便多了一圈朦胧柔和的光晕。

"你从哪儿来啊？"她突然问我。

"我从芜湖来。"

"不知道。"她摇摇头，继续说："我年轻的时候，出去过一次。"

"后来就一直待在这里？"

她点点头，没有说话，水盆里的土豆几乎都洗干净了。她准备起身再换一盆干净的水。我帮她把脏水倒了，准备往院子里走的时候，她拉住我，说："那是人家的。我家在这……"指着不远处的一间破旧的土楼。

我一愣,一时间没反应过来。

"我一个人住在这里头……"她拿过我手里的水盆,自个儿往土楼走去。我还以为那儿只是个放杂货或农具的地方,没想到竟是她的家。土楼很高,但面积很小,商场里的卫生间都比它大一倍。屋子里有许多杂物,边上摆着一个破旧的靠椅,可她却当个宝一样,弄了块绣花的毯子铺在上面。

"你就住这里?"我吃惊地问她。

她走到土灶旁,打开水缸的盖子,应了句:"嗯。"

"这么小的地方,你晚上睡哪儿啊?"

"在上面。"她捧着水盆对着我,抬着下颚朝上望去。

我愣住。这一层和二层之间并没有阶梯,只有二层和三层之间才有连接的梯子。二层堆满了柴火,三层隐隐约约才看到一张床的模样。

"你怎么上去?"

"爬梯子。"她的目光朝向我的身后。我转身,这才注意到杂物里还摆着一个梯子。"你一个人住?你的孩子呢?"我心里一阵酸楚。但她似乎没能听明白我的话,就端着水盆走到了门口,又将刚刚刷了一遍的土豆给挪了过来。她就坐在门口,太阳仍然照着她。

我想，她应该是不想回答。

秋天是一个成熟的季节，土楼的柿子和板栗是这里的特产。我在屋子里再次环顾了一下，两个编制的篓子里放满了还没熟透的柿子，只需要晒一晒，软了就能吃。难道她平日里就只吃这些东西？

"奶奶，你这柿子多少钱一斤？我想买点儿带回去。"走到她跟前问她。

"柿子？柿子都没软呢，不能吃。"

"我买点儿，带回去晒晒就能吃了。"

"不行，不行，没软不能吃。"她坚持自己的意见，总之就是不卖给我。

"今天太阳好，我帮你把它拿出来晒晒？"

"不，不，不。"这时，她扬起手来，摇摆得很厉害，说："不晒，不晒，不晒，这几天我吃这些……"接着，她又指着盆里的土豆，神色变得有些失落。

"这……你要怎么吃？"

"煮糊了吃，我没牙的……"说着，她又张开嘴让我看，这确实是没几颗牙齿了。

我的心情顿时有些失落，刚来的时候原本是高兴的，可她，让我想起自己已过世的奶奶。这二十多年里，最大的遗憾就是没有见到奶奶的最后一面。因此，看着她，我更难受了。

就在这时，我的一个老师走了过来，女的，性情中人。

她刚来，却仿佛知道了刚刚我们所谈的全部。

"小苏，我们买点儿她的土豆和柿子。"

"她不卖，我刚刚问了。"

"这老人家太可怜了。"

"她儿子住在山下，隔段时间就来看她的。"一个扛着锄头的女人走了过来，告诉我们。

"一个人住这么小的房子，年纪还这么大，万一摔了碰了可怎么办？"老师担忧地说。

然后，老师拿出一百块钱给她，她死活不要。

"我不要，不要。要这钱也没用，出不了门，买不到东西的。"

"你想吃什么，让你儿子给你买。"

"他没钱的……我晚上睡觉从上面摔了下来，后背断了好几根骨头呢。"她随意地说出这件事，却让我们吃惊不小。她弯着身子，指着后背，说道："去医院花了好多钱，他已经没钱了……"

"留着，留着，不要推了。"老师将钱硬是塞进了她的口袋。她不再推搡，转身走到两筐篓子跟前，费劲地推出了一筐来，说道："你们拿些柿子，拿些带着。"

我突然觉得眼前的柿子竟是如此沉重，我们拿不起。

"拿着，拿着……"她的眼神与语气变得似是在乞求了。

"就拿几个吧，否则她心里可能不好过。"老师拿了几个塞到我手上，转身出了屋子，朝那家院子走去。我不知道她跟那女人说了什么，隐隐听见老师说她过两天会寄点东西来。

"我跟她要了这里的地址。"老师走过来，将纸条给我看了看，说："回去给她寄点日用品旧衣服什么的。"

"嗯。"我点点头，这可能是帮她最好的办法了。

当我们正准备离开的时候，她突然拿着一张照片走了出来。照片上她扛着锄头的样子被定格下来。

"这是谁给你拍的啊？"我问。

"上海的……来了很多人，到这里玩，他们给我拍了寄过来的。"她说这话的时候很骄傲，这张照片应是她屋子里唯一可以拿出来炫耀的东西了，所以她保管得很好。"你有相机，你拍我啊……"她指着我手里的相机，坐在门口，还拿起了土豆和刷子。其实这正是我的想法，只是没想到她竟然主动提了出来。

我很快拿起相机对她连拍了好几张。

这个秋天，路上的故事很多。它们并不曲折离奇，而是平淡如水。

我想，这里的生活即便是有些困苦，但终究会好起来的。

你看，这秋天不正好就来了吗？

在这壮美灵秀的环境中，生命显得更是可爱，不管是热情的，还是冷漠的，没有谁会无端悲伤，也没有谁会突然狂欢，平静似水，偶起涟漪，日子中规中矩。像是叶子红了，就红了，柿子熟了，就熟了，不悲不喜，时候到了，就该如此。

这应该也是她面对生活的一种心态吧。

像是你的人生才刚刚开始，而我已是黄土埋上身，你看到的风景不再是我所看到的，我走过的路也不会是你即将步入的。只是我们都会遇见那一天，在某一个深秋里。叶子落了，不会悲伤。

宏村·那一年

那一年,我留着长发。

他遇见我的时候,正是夏季,我穿着一条白色的长裙。

他说,那一年,那个穿白裙子的姑娘,他这辈子都忘不了。

那一年,在宏村。

我又遇见了他。

已经过了夏天。

南湖与月沼依旧和平时一样，游人很多。我已经不是第一次来了，但每次都是一个人来。那天，天空很蓝，阳光洒落在脸上，感觉像是温柔的亲吻一般。我坐在月沼边上，翻看着相机里的片子。那是我的第一个单反，尼康的。只是那时对摄影的追求比较简单，只想拍下自己走过的地方，纯粹的留念。

他穿着一套休闲服走在人群里，起初，我并没有看见他。

"是你？"突然，有个人很诧异地叫着我的名字。我抬头望去，游人很多，不知道是谁在喊着我。"真的是你？"这声音又传了过来，当我正准备再次寻望的时候，一张青春的脸突然出现在我眼前。我吓一跳，差点后仰掉进了月沼里，他紧紧拉着我，笑得十分开心。

"想不到真的是你。"

"你是……"我不认识他。

"六一儿童节的时候，我跟朋友们聚会，你也来了，当时你穿着一条白色的裙子，推门进来的时候，我就记住你了。"他依旧笑得很开心，完全不理会此时的我还是惊魂未定。但听他这一说，我似乎有些印象，六一那天我确实是穿了一条白色的裙子去参加朋友的聚会，但我并没见过他。

"不好意思，我还是没想起来。"

"当时你说了句,噢,对不起,我进错门了。"他很认真地帮我回忆。

好像是有这回事。"后来,我让朋友去打听你的名字,只是没打听到。"他继续说着,感觉像是在回忆某一个电视剧似的。"那时候我就记住你了。但没想到,在这个地方竟能碰到你。"他笑着,这个男孩还真是喜欢笑。我有点尴尬,不知道该说些什么,因为我确实不记得他。

"你一个人来的吗?"他问我。

"嗯。"我老实地回答。

"我们是一帮人骑车来的。"

"挺厉害的。"我没告诉他其实我也带着车来了(美利达的小折叠)。

"你等下啊。我马上来。"他说着,转身风一样地跑开了,我也就真的坐在这里等他了。然后我试着去回想这个夏天,六一的那天晚上,但始终是不记得有这么一个人存在。

"回来了。"突然,他又风风火火地跑了回来,说:"我跟那帮朋友分开行动了。"

"为什么?"

"你一个人啊,我不放心。"

"但你们是一个团队啊,突然少了人不好吧?"我尝试着拒绝,但发现自己的问题很愚蠢。

"我跟他们说过了。晚上再聚。"他仍笑着,我真怀疑他是不是得了笑病,任何时候不管说什么话,他始终笑着。

"我刚到宏村,还不熟悉,要不你带我走走?"他提了一个要求。

"我也不熟。"

"正好,我们一起走走,反正都不熟。"

"好吧。"我起身,跟着他一块走。但明明我不认识他啊。那个时候我还很懵懂,就这么跟一个陌生的男孩在这个美丽的村子里走了一圈。

离开月沼,我们朝南湖的方向走去。路过几个弯弯曲曲的巷子,一个卖帽子的铺子引起了他的注意。门前挂着一个绣着五角星的军绿色帽子。

"你说,我戴这个帽子好看吗?"他戴在头上,瞪大眼睛,夸张地看着我,白眼珠都快翻出来了。

"不好看。"我老实回答。

"怎么会?"他有些怀疑,说:"我戴帽子一向很好看的。我女朋友也这么说。"

我一愣,他有女朋友了?那他还来跟我搭讪?

"我是说,这个帽子不好看。"

↗ 既有水乡的散漫和恬静，又有小镇的寂寞与清秀。湛蓝天空，粉墙黛瓦，让人迷失在南湖的画桥上，若隐若现。

↘ 一直都觉得宏村是最受上天眷顾的，不论什么时节什么时辰，南湖与月沼都美得极致、美得不现实，像洒落人间的珍珠，深埋于青山绿水间。

"那我换个。"他又换另一个戴上,问我:"怎么样?好看吗?"

"好看。"我点头。

可他却不高兴了:"你骗我。这帽子颜色这么土,怎么会好看?"他盯着我,像撒娇似的。

"我是说,你戴帽子很好看。"

"你戴一个试试。"说着,他竟自作主张拿起一个灰色带帽檐的帽子戴在我头上。

"真好看。"他又笑了起来。

"是帽子好看,还是我戴帽子好看?"

"都好看。"说着,他转身问老板:"她头上那顶帽子多少钱?"

"15块钱。"

"哎,我不要。"我放下帽子,走到门口,说:"我不喜欢戴帽子。"

"可你戴得很好看啊。"他说着,硬是买下了这顶帽子,更要求让我一直戴着这个帽子,只要还没离开宏村,没离开黄山,就不能摘。

"这么好的地方怎么不带你的女朋友来啊?"走到南湖湖畔的时候,我问他。"她不喜欢骑车。"他站在我身旁,一边看着我拍照,一边回答我。"还好她没来,否则我看到你了,就不能上前打招呼了。"

"嗯……你这一声招呼打得差点我掉进南湖啊。"

"哈哈……"突然，他笑得有些神经。"你有男朋友吗？"

"有！"我看着他，很快回答。

"那怎么不带他来这么一个好地方啊？"他开始反问我。

"他忙，走不开。"

"还好他没来，否则我看到你就不能上前打招呼了。"

我一愣，之前的坏印象开始有点改观。我想，他是个好男孩。

"这地方真漂亮。"他赞叹。

"嗯，确实漂亮。"

南湖画桥，粉墙黛瓦，不管什么季节来，眼前的景象都美得像是一幅画。桥上游人如织，尽管喧嚣打破了这里的平静，可这南湖仍是波澜不惊。只是偶尔一片叶子落下，泛起点点涟漪罢了。湖上有几处石头凸出水面，两三只鸭子喜欢停歇在上面，像是模特一般，吸引了众多摄影发烧友的镜头。

"这要是鸳鸯就好了。"他突然说。

"你可以当它是鸳鸯。"

"我能当你是我女朋友吗？"

我一惊，相机差点掉到了地上。

"你还是把帽子带回去给你女朋友吧。"我觉得这男孩有点油嘴滑舌。

他一脸无辜："鸭子就是鸭子，怎么可能当它是鸳鸯呢？你就是你，又怎么可能真会是我女朋友呢？真是的，一句玩笑话都这么当真？"说着，他又把帽子套在了我头上。我不知道说什么好了。他这么贫嘴，还理直气壮。他难道不知道我并不认识他吗？可能在他眼里，他认识我就行了。好吧，我真算是遇上了一个奇怪的男孩子。

"对不起，你别生气了，好吗？"无奈，我得道歉了。

"哈哈……"他又笑了，我怎么觉得他一直在逗我呢？我开始将全部注意力都放在了拍照上，懒得理他。

"今天你怎么没穿白裙子了？"他突然问我。

"怕冷。"

"但今天温度很高啊。"

"你女朋友喜欢穿裙子吗？"

"不喜欢，她喜欢穿牛仔裤。"

"那你怎么不找个喜欢穿裙子的女朋友呢？"

"穿裙子的那么多，我喜欢穿牛仔裤的姑娘，不娇气。"

"那你怎么那么在意我有没有穿裙子呢？"

"不知道。反正那一天看见你推开门穿白裙子的样子，就记住了。"

我暗想以后再也不要穿白裙子了。后来，我真的没有再穿。

"你的思维真奇怪,我都跟不上你的节奏。"

"那是因为你还不了解我。"他很骄傲地说。

"我要再去月沼那儿,刚刚没有拍尽兴。"我转移了话题。

"好的。"他跟着我,我们又来到了月沼边上。

"坐下,别动。"他突然命令我,然后拿起手机对着我。

"快点坐下啊,我给帽子拍个照。"

听他这么说,我便摘下帽子放在石墩上,正要让开的时候,他一脸不高兴。"你不戴着它,我怎么拍啊?"

"你不是要拍帽子吗?"我很无辜,我知道他又在逗我了。

"可我需要一个模特。"

"好吧。"我又戴上帽子,坐在了月沼跟前,微微一笑。他很满意地拍了一张,拿给我看,骄傲地问:"怎么样?我选的帽子好看吧?"

"好看。"我附和,他哪里是在拍帽子呢?就这点小心思我还能不知道吗?

"我要是没有女朋友,我一定追你。"离开宏村的时候,他突然对我说了这么一句话。

"可见你的女朋友有多好。"

"不过,所幸你有男朋友。帽子送给你作为见面礼,照片我留着作为留念。"他举着手机跟我说,然后就骑着他的山地车离开了。他确实是个奇怪的男孩子,在那之后,我们再也没有见过。但是宏村,我依旧会每年抽时间来一次,不过已与他无关。当初他送给我的帽子,在一次搬家的时候,不慎弄丢了。

又是一个深秋,我又来到宏村,距离遇到他的那天,已经过去了快三年。

路过湖畔的时候,那间卖帽子的铺子不见了,也可能是我没留意到。

卢村·有个男孩叫之西

"我跟你怎么认识的?"有时候,我会问之西。

"微博上认识的。"他说。

"微博上怎么认识的?"

"忘了。"

我也忘了。好像这并不重要。但我记得跟之西的第一次见面。

白墙灰瓦，一棵柿子树。

那是早春，乍暖还寒。我去黄山之前，在屯溪老街住了一晚上。第二天起了个大早，老街上没几个人，但令人高兴的是，竟然下雪了。我像个疯子一样跳了起来，赶紧拿出相机，撑起三脚架。这个时候的我，刚刚开始对摄影感兴趣。

我站在万粹楼对面的一家古楼门前，将相机架在云台上，我准备收拾好背包的时候，意外发生了。三脚架没稳住，连带着相机重重地摔在地上，是乐极生悲吗？带着相机在屯溪找了好几家维修相机的店铺，可老板都说镜头坏了，修不了。我很懊恼，而且手机也丢了。

相机坏了，黄山恐怕是要白来了。

我给之西打了电话（他邀请我来黟县玩，他是黟县旅委营销部的副总）："告诉你一个不太好的消息。"

"你说。"他的语气很愉快，这是我们第一次通话。

"我的相机摔坏了。"

"没事，我办公室有个D800，借给你用。"

我一愣，问道："尼康D800？"

"是的。"

"好的。"我的心情一下子好起来。将坏掉的相机塞进包里，我便往车站奔去。

到达黟县车站的时候，他跟司机正在等我，这是我们第一次见面，但他一眼就认出了我。

"丹卿同学……"他这样叫我，"你竟然是短发？"他有些诧异。

当时，我穿着一身黄色冲锋衣，"不会像个女汉子吧？"我问他。

"我一直以为你是长发的。不过这样也很好看。"他说着，给我拉开了车门。

以前确实是长发，但去滇藏之前，剪了。

我们先后去西递，卢村，还有别的地方，但印象不深了。记得卢村，就因为这一场雪了。之西将他办公室的相机借给了我，我拿在手里，还很陌生，简单研究了下，就开始不停地拍，他有些意外。

"你真是太迷摄影了，拍个不停。"

"不好意思啊……"我有些难堪。毕竟是第一次碰面，借用人家的相机，会不会有些不礼貌，甚至是冒失。

"卢村我来过一回，但是在两年前骑车来的，当时是秋天，没见过下雪，没想到这么漂亮。"我很尴尬，但藏不住这份激动。

"我刚来的时候，跟你一样，每天拿着相机到处拍。"他笑着说，并不介意。"但现在不行了，拿着相机都不知道该怎么拍才好看了。以前，我是个记者，拍的都是纪实的东西。"他说。

"你不是黟县人啊？"我有些意外。

"我以前在武汉工作。我同学是黟县人，他总是邀我过来玩，说这里很漂亮。所以就来了，但没想到来了就舍不得走了。"我突然觉得他一定是个有故事的人，而且，这个故事关于徽州。"我个人很喜欢卢村，安安静静的，没事的时候就来走走。"他说。还安排了一个导游陪我们往卢村走。

"她就是卢村的。"之西指着眼前这个漂亮的导游。

"真的吗？"我很诧异，她真是个幸福的女孩儿。

导游的解说详细而不呆板，可能因为她是本村人，她的解说更像是在讲故事。

穿过一个巷子，她推开一个院落的门，告诉我，这是双茶厅。

"这里以前住着的是卢氏家族最得宠的一个妾室。"她再推开双茶厅的门。这推门的动作随着她说的故事就像在翻书似的，非常有趣。

"之所以叫双茶厅，是因为这里种着两棵茶花树。"她指着院子。我抬头望去，探出墙外的茶花树，覆着雪花，风吹来的时候，一片一片落在了我身上，十分唯美，像画一样，还有几分凄婉。她说，春天的时候，红色的、白色的茶花落了一地，特别漂亮，就像卢氏家族曾经的兴旺繁荣，美得像是红色茶花，但繁华落尽，又像这白色茶花，凄婉中透着无奈。

我很意外，她说的根本就是一段往事，一点也不像其他导游那些生硬的解说词。

"卢村最有名气的，就是木雕楼了。"她说。

"这个时候去，没准儿还能看见姑娘们穿着旗袍在拍照呢。"之西也说："很多女孩子来到这里，就喜欢往木雕楼去。"

听他这么说，情绪一下子又高涨起来。

第一次来的时候，我也穿过这儿的旗袍，但我的身材有些臃肿,这纤细的旗袍穿在我的身上,有一种说不出的别扭。所以,当听到之西跟我说木雕楼里可能会看到穿旗袍的姑娘时,我很向往。

走进院子,果真两个女孩子穿着旗袍,各自拿着手机给对方拍照。她们穿着旗袍真好看。

"好漂亮。"我惊呼。

"你也挑一件试试?"之西说。

"不要,不要,衣服会被我撑坏的。"一想起当初在这里穿旗袍的样子,我就赶快拒绝,一定会被之西笑的。我架好三脚架,准备拍眼前这两个姑娘在木雕楼的模样,刚好,天飘着雪,从天井落下。姑娘就站在那里,抬额遥望,雪花落在她们的发梢、肩上,弯弯的眉梢,俏丽的身姿,背后的空镂雕,让人动容。

"真好看。"我用镜头记录下了这一切。

"相机给我。"之西走过来说。我没想到,他竟要拍我。

"你看你身后……"他说。我转过身,木雕的檐下挂着篮子,还有个鸟笼,墙上挂着一些老相片,老的长柜台上摆着几个开水瓶,挨着的方桌子上没有任何物件,但边上不知道是桌子还是柜子,上头摆着零零碎碎的许多用品,还有过去放着洗脸盆的"妆台",旧的坛子,凳子,以及一些杂物。这样的一副画面,本身并不为奇,但妙就妙在这一场雪。雪花在空中慢慢地洒落,檐下

↗ 三号小镇的卷帘子。也是第一次来这里喝茶,遇见了那个女人。

↘ 秋日的阳光正好,来到黟县如此频繁,仿佛是从认识之西开始。

的一切就像一幕舞台剧。

"回头，看我。"就在我着迷的时候，之西吆喝了一声。

我一愣，一个转身竟然摆出一张剪刀手来，相机咔擦一声，他十分满意地说："这张拍得真好，就是笑得有些傻。"我凑过去看，这姑娘确实有些傻气。

如此良辰再遇卢村，竟是春雪纷纷。虽说枯枝未发，草木未生，但远望千山，纵有暮雪，俨然一副山水画。此时，再无繁华之说，也无喧嚣之谈，有的不过是一个村子，取之自然，用之自然。这是一个村落我遇到的最好的风景，若说大隐于市，小隐于野，那么卢村正好适合。没什么地方比卢村更宁静了，风雅又不失人间烟火。难怪之西最喜欢这里了。

我来卢村不过三两次，一个暮秋，一个早春，春华秋实应景而入，不仅是画卷上的新颖，也是故事的转折。

否则又怎么会认识之西呢？

以往，见得最多的就是雨后清巷，一阵哀愁曲折委婉。却是头回见得雪后陋巷，那股哀愁，早已远去，此时春来，两三脚印似是墙外红梅。

所以，我一直很感激之西在能下雪的时候，邀请我来。尽管他也不知道第二天竟然会下雪，可这就是缘分了。

这檐上落雪，檐下飞雪，浅雕春雪，深雕梅雪，空镂刻于千山暮雪。

　　站在这木雕楼的院子里,我难以隐藏心情,又难以复述这心情。

　　"等油菜花开了,你再过来。"之西说。

　　"可我更喜欢这个时候。"

　　此话非虚,趁油菜花未开,桃花未红,人群未涌,找一个清静的时候,寻一个风雅的日子,一个人或三两人,趁着雨天,找个月夜,逮个晴日,撞个星辰,望景臆想,不是孤独的吟风,也不是寂寞的弄月。流水潺潺,人声狗吠,村野自有的静与闹,又岂是城市所能体会?

　　也正是这个时候来,最有意思。

　　"但景色漂亮啊。"他说。

　　走的时候,之西送给我一首诗,这是他自己写的,他喜欢写诗,跟我以前一样。我们在西递的三号小镇喝茶的时候,还特地研究了下。当时写的,跟雪有关。

　　他说,那个时候,有一瞬间的心动。

青椒的爱情

 //

　　尽管，我知道了一个不该知道的秘密。但有些故事它不是故事，是别人的隐私。不管她是怎样的一个人，我都不批判。我只知道，遇到她，我很快乐。

　　去年7月，在桃花潭，她穿着一身黑白横条纹的长裙，长及脚踝，搭着一双坡跟凉鞋，带着一顶竹编尖帽子，站在桥头的小店铺门前。

就这样的一个朴素真实的女孩,在许久之后的某一天晚上,有个男人告诉我,她是他的情人。再过一个星期,她就要结婚了。她长得小巧,披着直直的中发,喜欢笑,笑起来特别好看。不论是谁看到她,都联想到邻家妹妹。

那一天,我们一起去了桃花潭,那个男人也在。我当时并不知情,也看不出什么蛛丝马迹。两人的关系只是普通朋友好一点。

"结婚那天,我给你安排个摄像师来。"男人说。他就是一个很棒的摄影师。

"好啊。不过不要请太贵的来啊。"她接着说,笑得很开心。"最近也挺忙的,难得有时间出去玩。我还要谢谢你呢。"她说,两只眼睛笑起来跟弯弯的月亮似的。

"上车吧,我们去桃花潭。"男人说。

桃花潭我来过好几次,但我仍很期待。我未曾多想他们之间的关系。只是我与她,却多了点故事。我叫她青椒,因为她喜欢吃青椒。她叫我白萝卜,因为我的小腿粗得像白萝卜。之所以会有这两个奇怪的名字,可能跟我们都戴着一顶尖帽子有关。两个女孩坐在湖边的石阶上,他在拍片,我没想到他竟然是在拍我们。照片上,是两个坐在树下的石阶上的少女。看不到容貌,帽子是亮点。或许正是这样被隐藏着吧,所以才令人猜不透。

↗ 盛夏,桃花潭的水清澈得似乎可以将现实中的世界倒映在水里。

↘ 一个人的路上,可以没有爱情,没有陪伴,但怎么也不能少了相遇。
　　人生苦短,相见恨晚,白萝卜和青椒的相遇是一场美丽的意外。

"哈哈，这张好。"男人笑了起来，他似乎很满意这刻意的偷拍，无意的女孩和风景。"真有新意啊，拿我单反拍两张。"我瞧着也很喜欢，将自己的相机递给了他。他站在高处，在一家客栈门前的草坪上，我和青椒坐在湖边的石阶上，那是一个路口，风很大，是夏天庇荫纳凉的好地方。我将相机递给他的时候有些吃力。

"坐好，我要拍了。"他拿过相机。

我赶紧坐下，还是刚才那个姿势。尽管他拍不到我的样子，但知道有个人在上面拍自己，我还是有些紧张。

青椒却很随意，"你真白啊，尤其是这双腿。"青椒羡慕地说。

"可惜很粗啊。"我叹着。再看她，虽然个子小巧，但有着每个女人都会羡慕的好身材。

"你们过来，站这边，我想拍个系列。"男人从上面走了下来，打断了我们的话。

这里是桃花潭旁边的古村，不是游人能随意进出的。不晓得今天怎么回事，这路口的门竟然是开着的。门两边攀着许多藤子，地上有刚落下的落叶，有许久之前的，甚至还有去年秋天的，在一棵大树下，这里看着有些唯美。而两边则都是高高的砖墙，生着苔藓，夏天的风就这么穿过，是人像摄影的好地方。男人给我跟青椒各拍了几组。在镜头前，我有些紧张羞涩。青椒的样子自信多了。我站在一边,看着他给她拍照。他的样子很认真。我想,这是每个摄影师都该有的态度吧。

我没想过他的认真,是否因为眼前这个女人是他的情人。

其实,我又何必在意他们的关系,更不必对她另眼相看,爱情,本就是个复杂的东西。只要白萝卜跟青椒能炖到一起,就行了。至于味道好不好,我想我应该会很喜欢。

那会儿刚认识她,我不敢主动要求参加她的婚礼,怕她觉得尴尬。但我仍在心里祝福着她。一个女人,再独立坚强,也需要一个爱她的男人来守护。尽管当时我还不知道,她心里住着的是眼前这个摄影师。

"真快啊。刚刚跟你熟悉起来,你就要结婚了。"

"这话听着怎么有股醋味儿啊?"她很开心地笑着。

"我的意思是……我们年纪相仿,你就要结婚了,而我还没个着落,有点意外呢。"

"结婚看起来很遥远,但就那么几天的事情。所以,你也会很快的……"她拍着我的肩膀竟然安慰我起来。其实我并不失落。

后来,我们坐上了人家系在湖边的渔船,戴着竹编的尖帽子,两个少女一个坐在船头,一个坐在船尾,船头的手划着水花,船尾的脚荡起涟漪,这是一副美丽的画卷。男人一直在跟拍我们,我不知道他的镜头里是不是只有她。

那时,我们泛舟、戏水,两个加起来50多岁的女孩仿佛回到了白衣轻飘的十七岁。

当那个男人告诉我他俩的秘密时,我一直在回想着遇见青椒的那几天。我始终不敢相信。但后来也无所谓了。

"你什么时候再来啊?"有一天,青椒给我发来短信。

"有时间就去。你呢?"

"有时间就去。"

尽管这个"有时间"最终不了了之,但我仍然很高兴她还记着我。有段日子,她常常往山里去,她喜欢质朴的、未经雕琢过的东西。她给我寄来了两棵灵芝,是他父亲在山里挖到的。我一直不舍得吃,也不知道该怎么吃。怕吃了会浪费,还是留着比较好。不管以后有怎样的变化,至少还留着一段美好的记忆。

从桃花潭回来后,我算了算日子,她该结婚了。

她和那个男人怎样了?估计就像这风一样吧。

南浔，趁夜来，难寻

2012年，我加入了一个户外单车群。同年，我有了想骑车去西藏的冲动，可始终是没有行动。我有心脏病病史，在健康面前，这个冒险似乎没有任何意义。可是我不甘，也许是太年轻了吧。若不是因为年轻，我又怎会在第二天一早，就骑着单车，决定往浙江去呢？

目的地,是西塘。

三百多公里,我没有理由退却。

但我不是一个人。两个人一起,这可能是最好的。否则路上,又怎会有那么多故事呢?

他叫"胡塘月色",我喜欢叫他阿月,怕他生气所以我又不敢当着他的面叫他阿月。

阿月还是个学生,但很有担当,路上,他帮了我很多。

第一天晚上,我们住在宣城。第二天晚上,是在南浔。这是一个令人难忘的夜晚。只是,我们找到南浔的过程并不顺利。确实,如名,难寻。跟着导航的指示,我们在夜色中摸索着。阿月在前,我跟在后面,没有路灯的街道上,来往的车辆很多。但我们好像越骑越远。"路线对吗?"后来,停了下来,我问阿月。阿月一直看着手机,说道:"对啊。跟导航过来的,会经过一座桥。"

"桥?"我一愣,看了看四周。"哪里有桥?导航弄错了吧?"我埋怨着,可阿月坚信导航是对的。但眼前,四周都是房子,连路灯都没有。天黑得很快,尤其是在人十分焦虑的时候。"可能是我们走错了,到附近看看。"阿月收起手机,十分淡定地说。我有些着急,比起白天,黑夜就是那么容易地吞噬我的自信心和勇气。

"阿伯,南浔怎么走?"阿月问路边一个骑着三轮车的老伯。

"我正要往南浔去,要不你们跟着我吧。"阿伯说。

"太好了。"顿时,黑夜又没有那么可怕了。阿月看着我,说:"女生就是这样。"我笑了一笑,有些尴尬。确实,女生就是这样矫情。"阿伯,这里是有个桥啊?"阿月一边骑着一边问。老伯踩着三轮车,速度不快。我寸步不离地跟着他,生怕丢了。

很快,老伯带着我们进了古镇。这是我第二次来南浔。可能是刚过了五一吧,小镇里显得十分清冷,又或许是太晚了吧。湖面很平静,乌篷船就靠在岸边。两岸的柳树垂着柳条,差一点点就可以够着水面。我们推着车,依旧是跟着老伯。阿月让老伯给我们找一家好点儿的客栈。

看到一家客栈,依水而建,门外的墙上挂着一串大红灯笼。夜幕下灯笼显得很好看。仿佛江南就是这个样子的。阿月站在门前,掏出手机拍了一张,我也跟着拍了一张。

"就住这里吧。"我跟阿月说。

"但阿伯准备带我们去另一家。"阿月为难地说。

我抬头再次看了看这些大红灯笼,说:"好的。"于是,我们继续跟着阿伯走。阿伯带我们到了另一家客栈,我没记住名字。

"谢谢你,阿伯。"阿月是个善良的孩子,就在老伯准备离开的时候,他特地让客栈老板帮他们拍了一张合影,后来我也凑了过去。

↗ 南浔，夜色难寻。

↘ 小镇、月亮、流水、乌篷船，都已安静睡去。江南的烟雨中，还有一盏红色灯笼，让还没睡去的人们，似走进一个千年幽悠的梦乡。

阿月睡在我的隔壁，我们是同在一个屋檐下。两间小客房是由一间大房间隔开的，相当于我们是睡在同一个房间里。

"先洗澡，出去吃个饭，然后逛逛。"我对着墙，跟隔壁的阿月说。

"好的。"阿月应着，那边已经传来了放水的声音，接着是他洗澡的声音。我有点不好意思了。尽管隔着一堵墙，但这声音还是让人有些害羞。于是我也走进浴室，打开水龙头。

"我下去等你。"我刚洗完澡，就听到阿月在门口说话。

"好。"我应他。刚洗过的头发没来得及吹干，换上了一件白色的上衣，和一条普通的牛仔裤。白色衣服上面渲染着几点写意的水墨，我非常喜欢。

"去吃饭吧。"我对阿月说，他已经等了一会儿。

"这衣服真好看。"阿月说，"在小镇上穿着，很有感觉呢。"

我笑得很开心。吃过饭，再去逛小镇的时候，已经很晚了，我们一直沿着河边走着，偶尔还能看见几个来往的人。

"好想去看看那个大红灯笼。"我拉着阿月说。

"我记得好像要过一个桥。"

"那走吧，看看能不能找到。"

就这样，我们在夜色中开始寻找。南浔的夜景有一个特点，这是其他江南小镇所没有的。你见过五月份的时候瓦檐上还落着雪吗？我想一定没有。但在南浔，只要夜幕降临，就能看到一场雪景。这是瓦檐上灯光的错觉。隔岸远观，眼前的屋顶上真的就像是覆盖了一层白雪，十分惊艳。后来，我又来了一趟，是二月早春的时候，它仍然是覆着白雪。

"南浔，好漂亮啊。"阿月惊叹。

"是太漂亮了。"我拿着相机就咔擦咔擦地拍，跟切大白菜似的。

"不去找红灯笼了？"阿月问我。

"你看。"我指着随处可见的红灯笼，说："它们都在呢。"

"文艺女青年又开始美好的臆想了？"阿月调侃。

我一怔，确实是在臆想了。臆想这小镇里头有个女子，正站在门前的红灯笼下，看着水岸的倒影，充满哀愁。

"好奇怪。为什么我在南浔，就联想不到那深深的雨巷呢？"我苦恼地跟阿月说。阿月顿了顿，告诉我一条真理："因为没下雨。"

"但是有雪啊。"我仍是不解。

"可是不撑伞啊。"阿月依旧很淡定地说道。

"好吧。"不过没有雨巷难道就不是江南了呢？没有油纸伞难道就不是古镇了？南浔的夜色倘若真下雨了，这意境又岂是只说江南所能形容的？我决定，等时间充裕的时候要再来一次。但我没想到的是，再来的时候，依旧是晚上。

"回去吧，明天一早还要赶路呢。"阿月说。

"明天一早我们再逛一下好吗？"我这是在求阿月吗？声音突然变得这么温柔。

回去的路上，那高高的大红灯笼突然出现在眼前。我拽着他朝对岸奔去。阿月还没反应过来，一边被我拽着跑一边问："怎么了？怎么了？到底怎么了？"

"我看到了，看到了。"

"你看到了什么？"

"灯笼。就是刚刚进来的时候看到的。"

"啊，在哪？在哪？"阿月好像比我还着急了，感觉像是他在拽着我了。

"过桥，过桥。"我着急又兴奋地对着阿月说。两人忽然就变成了疯子，在寂静的小镇里喧哗起来。站在大红灯笼下，阿月变得细腻，这使得我有些不能习惯。

"说走就走，突然就来到了这里，感觉好奇怪，一下子说不上来。就是觉得这样很好，很好。"

我看着阿月，没有说话，没想到眼前这个看上去很结实的男孩子竟会有如此细腻的内心。难道真的是因为这里是南浔？

"我一直都想去西塘的。知道你要骑车过来，我就跟着一道来了。但没想到，南浔竟然是这样漂亮。"阿月说话的声音开始变得深情，我开始不能接受了。

"你没事吧？"我故意大声问道。

"没事啊。"阿月的声色依旧细腻温柔。我真担心，他是中了邪。

"你不是怕了吧？"阿月很快又变正常了。

"我怕什么啊？"我一愣，还真被他说中了。

"你怕我啊。"他笑得有点坏。

"我是怕你晚上睡觉打呼。"我转身，朝桥上走去。

"你回去可千万别跟人家说我俩睡一个屋的啊。"

"我还不想毁掉清誉。"

回去之后，我们很快都睡下了。半夜隐约听见阿月在说梦话。——"南浔真好啊，你等等我，等等我……"

绣花裙子

　　算起来应该也有五年了吧。我对西塘的感情,好像又不止是五年这么深。许多朋友都问我,为什么你这么喜欢西塘?我总是回答西塘太美,美得使我忍不住一次又一次要奔向它。

　　但只有我自己知道,我为什么总是忘不了这个地方。

　　五年前,我第一次来到西塘。也是第一次一个人旅行。那次在西塘住了一个月。穿过廊桥，和一条长长的内街，再经过一个深深的巷子，转个弯，就到了一座宅前。当时，我就住在那里。那时，西塘还很质朴，不及现在如此繁华。老板和老板娘是一对五十多岁的老夫妻，他们将老房子整理出来，西厢作客栈，东厢自己住。我就住在西厢的一间屋子里。老夫妻俩吃住都在东厢。每天早上，我都会从西厢到东厢吃个早饭。这是免费的，因为我要这里住上一个月。

老夫妻俩有个儿子，跟我一样大，刚从学校回来。他比较内向，话不多，刚回来的那几天，我基本没见过他，就连早上吃饭的时候他都没出现。

"我这孩子不喜欢早饭。"老板娘给我夹了一块豆腐乳。这是她自己做的豆腐乳，味道特别好，是我在西塘最喜欢吃的一道食物。每天早上一块豆腐乳，可以多喝两碗粥。

我极少会在白天出去。只在吃完早饭后出去走一走，过了八点半就会准时回去。傍晚再背着相机出来走走，回去就会比较晚，街上已经没什么人了，内街两旁的铺子都关了门，走到巷子里的时候漆黑漆黑的，什么也看不到。手机也不总带在身上。所以每次夜深回去的时候，我都这么摸着黑。

快到巷口转弯的时候，我就看到了一束光。这是老板娘每天晚上都给晚归的人留着的灯。门，也是轻轻掩上。

↗ 很多人说它太商业化，我不否认。但某些人心底里，它依旧是朴素的，是最初遇见的样子。就像爱情，即使有瑕疵，你依然奋不顾身地去爱他。

↘ 倘若有一天，你去了西塘，不要埋怨人太多、声太杂，因为人群里有你自己。

跟往常一样，我推开门走进院子，一个陌生的男孩坐在椅子上，旁边放着一把吉他。他看着我，我不知道他是谁。

"你以后能不能不要这么晚回来？"男孩突然说，语气很不友好。

"我推门的时候，惊动你创作曲子了？"我问他。

"你会吵到我爸妈休息。"男孩的语气更不好了。

原来他就是老板娘的儿子。

"我会注意的。"

他没再说话，拿着吉他，就起身走开了。是往东厢的那边的一间屋子，正对着我的窗户。我隐隐觉得他并不欢迎我，甚至是有些讨厌我。

第二天清早六点我就起床了，东厢是六点半吃早饭。凡是住在这个院子里的每一个人，早上都可以去东厢吃个早饭。大伙儿跟我一样，对老板娘家的豆腐乳十分喜欢。我去的时候桌边已经坐了好几个年轻人。老板娘的儿子也在。他面无表情，坐在老板娘边上，始终低着头。

"多吃点啊，粥很多，可别让我每天浪费粮食啊。"老板幽默地说，老板娘却在一旁咯咯的笑了起来。

"我吃好了。"男孩放下碗筷，起身就走了。大家还不知道他是老板娘的儿子。"那个男的好怪啊。"一个年轻的女孩说，"失恋了吧?"

"他是我的儿子。"老板娘说。大家都有些意外。

"我们的话他不怎么听,小时候任性惯了。"老板说。他很少在我们面前提及他的儿子,但后面又说了什么。

我吃完饭,跟平时一样到外面走走看看,拍照,发呆。

快八点半的时候,我回来的路上,看到那男孩在打电话。我从他旁边经过。

"你等等。"我准备转弯的时候,他突然叫住我。

"你要在我家住一个月吗?"他问。

"是的。"

"我没见过有人会在西塘待一个月的。"

"噢。"

"你什么时候走?"

"再过二十多天。"

"你能不能明天去住别的地方?"

我一愣。眼前这个男孩到底是有多讨厌我啊?为什么要这样赶我离开?

"为什么?"

"没有为什么。我会跟我妈说,你要退房,去找别的客栈住了。"说着,他就朝我走来,然后从我身旁走过,推开门进了院子。进了院子，他正在跟老板娘说着话，老板娘看见我，眼神有些疑惑。

"你要走？这里住得不舒服吗？"果然，老板娘走过来问我。我不知道该怎么回答，看了他一眼，他冷着脸，表情十分难看。

"我为什么要走？"我突然来了气，很生硬地反问。

老板娘看看我，再看看她的儿子，有些疑惑。

"我不喜欢你住在这里。"他说。

"我并没有妨碍你吧？"我有点生气，"我有交房钱，又不是白住。"

"你每天晚上都回来那么晚，推门开门的声音，让我每晚都睡不好。"他很激动地嚷嚷着。

我并没有如他所愿搬出去，他的脸色也始终很难看。

直到有一天，院子里来了一个姑娘，拉着行李箱，披着长发，穿着一件白色的裙子。

她住在西厢，我的隔壁。

老板娘的儿子对她特别热情，仿佛她的到来，他期待了很久。他竟然开始吃早饭了。把吃的东西放在托盘上，就出去了，是往西厢的方向。

他到隔壁女孩子的门前敲了敲门，女孩开门让他进去了，我突然明白，那应该是他女朋友吧。

他们在西厢的屋子里待了很久,出来的时候,女孩换了一件碎花裙子,很漂亮。他们站在一起,非常般配。他皮肤很白,喜欢穿着白色的翻领衬衫,干干净净的,很好看。今天的他,是不是特意打扮了一下?

"妈,我们出去了。"他来到东厢,放下托盘,就拉着女孩的手出去了。老板娘脸色很难看。

我还是跟平常一样,吃过早饭,就要出去走走。来到烟雨长廊下。铺子还没开门,长廊下就我一个外来的游人。剩下看到的几个来来去去的人都是当地人。踩着自行车,拉着板车,一天的忙碌就这样开始了。我还是老样子,在廊棚下散步。初升的太阳洒下来一缕阳光,长廊深处仿佛缭绕着缕缕烟雾,非常漂亮,如画的意境。就在这时,一间卖衣服的铺子开门了,老板是一个年轻的姑娘,她正在把一块块长的门板搬到河岸边的柱子上靠着,那也是支撑着廊棚的柱子。

"进去看看。"她对我说。

"好。"

一件大红色的胸前绣着牡丹的连衣裙吸引了我。布料是棉麻的,但颜色很正,胸前的绣花十分精致。

"这花是手工绣上去。"姑娘搬完门板走进来说道。

"我试试。"说着,我准备拿这件裙子的时候,铺子又进来了两个人。"这裙子真漂亮。"一个女孩惊呼,她拿起旁边的一件素色的长裙走到镜子跟前,问:"好看吗?"

"好看。"一个男孩说。声音好熟悉,转身看了一眼,还真是冤家路窄,竟然是老板娘的儿子。他看到我,也很吃惊,脸一下子拉了下来。"我下次再来试试吧。"放回这绣花的红裙子,我跟店铺的姑娘说着就走开了。心情一下子就变得不那么好了。

在西塘待到第二十三天的时候,那个女孩走了。老板娘的儿子一整天都郁郁寡欢,抱着吉他在院子里断断续续弹了一整天。

"对不起。"第二十四天的早上,在东厢,他突然跟我说了这么一句话。我一下还没反应过来。

"对不起。"他又说了一句。

"你为什么要跟我说对不起?"我问,他没解释。但后来的几天,他对我的态度明显是温和了很多,早上也出来吃早饭了。看见我,不仅没摆臭脸,还微微笑着。

有一天晚上,我回来比较晚,推开院子的门,他坐在椅子上,吉他依旧摆在一旁。这跟我第一次看到他的时候是一样的。

"你回来了?"他轻声问,没有斥责。

"嗯。"

"过几天你就要回去了吗?"他问我。

"嗯。你不是一直很希望我走吗?"

他沉默了一会儿，又问："你为什么要在西塘住一个月呢"

"私事，不想说。"

"好吧。"他有点尴尬。

我要走的时候，他突然说："你那个房间，是我前女友以前经常住的。"

我转身诧异地盯着他，原来这才是他当初要赶我走的原因啊。

"噢。"我应了声，又转身，朝西厢去了。

第二天早上他主动说陪我逛逛。

"你什么时候再来西塘？"他帮我挑礼品的时候，问。

"不知道。有时间的话，会再来的。"

"到时候继续住我家。"

"你不赶我走？"我故意这么问他。他不好意思地笑笑。

临走那天，我在东厢吃了最后一顿早饭，竟然舍不得离开。老板娘给我准备了一个瓶子，里面装了许多豆腐乳。我想哭，但忍着没哭出来。吃完早饭，我就得去车站坐车回上海了。老板娘的儿子帮我拉着行李箱，他要送我到车站。

"送给你的。"突然，他从袋子里拿出一个礼盒出来。"送给我？"我一愣，这是一个精致的礼盒。

"谢谢你。"我心里暖暖的，还有些不好意思。

"下次一定要再来西塘。"快上车的时候，他对我说。

"一定。"

车子启动了。他仍在车站那儿看着我,我忍不住拆开了礼盒。怎么也没想到,他送给我的竟然是那条红色的绣花裙子。

当时,泪水就出来了。

几年后我再到西塘的时候,老板娘一家都搬走了。老屋租给了别人,院子里的格局也被改变了,再不是从前的样子。后来的一年,我又来了七次西塘。

听雨、划船,梦回江南。 西塘,确实好美。 除去繁华,她原本质朴的恬静,更让人流连忘返。

第三章 【身边】左手和右手

有人说,旅行是为了遇见自己;有人说,旅行是为了发现自己;有人说,旅行是认识真正的自己。我只想说,旅行,是为了两个人的相遇、两个人的携手、两个人的白头到老。旅行,不是一个人的事情。选择一个人旅行,不就是为了遇见路上在等自己的那个人吗?

就像三毛遇见了荷西。

世间所有的相遇，都是久别重逢。我一直深信，旅途遇见的每一个人每一段故事都是久违的相逢。只是说，我们仍有离别，还是要分开，各自生活。然后继续行走，继续遇见下一个人、下一段故事。不问结局，我们只要在过程中真诚相待。不管遇见的是一个男人，还是一个女人，一个少年，还是一个女孩，都去吧。遇见了，就让一切随着缘分去发展。

　　总有一天，终有那么一个人，会在你生命的旅途中停下来。总有一天，你终为了某一个人，不再漂泊。这才是旅行。

　　所以，我们只有去了远方，才知道人生是多么的灿烂与美好。

南栅:两个人的旅行

 //

下了飞机,我就跟张先生来到机场外面的城际巴士那儿等着。

我们要去乌镇。萧山机场这边正好有直达乌镇的班车。这是我和张先生第一次两个人一起去旅行。我们选择了乌镇。

城际巴士在到达乌镇停车场的时候,车窗外候着许多黄包车。

"去乌镇吧?"下车的时候,一个老师傅很热情地凑了过来,问我们。

私奔去江南。临窗,听一场雨,小镇的渔船摇摇曳曳;弄堂,拾一朵花,雨巷的丁香姗姗来迟;凭栏,看君一眼,少女的容颜闭月羞花;倚门,送君一别,三月的诗画烟雨如初。

"是的。"张先生答。

"天快晚了,你们是要去西栅吧?"老师傅推着他的黄包车,走到我们跟前,又问。

"我们想先去东栅。"放下背包,我说。

老师傅一愣,问:"大多年轻人来到乌镇都会去西栅的。西栅夜景很漂亮的,这个时候去东栅,什么也看不到啊。"

"我们在东栅定了客栈。放下东西,再去西栅看看。"说着,我和张先生坐上了车。

"小姑娘这是对人文的东西十分感兴趣啊?"突然,老师傅一边踩着黄包车一边回头问。张先生说:"是啊。老师傅可有什么地方好推荐啊?"

"乌镇有个东西栅,还有一个南栅。不知道小姑娘想不想去?"

"南栅?"我望了张先生一眼。一直以来,我总骄傲这江南水乡,小桥流水人家,多是被我走了个遍。乌镇也来多几次,但从未听谁说过还有一个南栅啊?"是新开发的景点?"我诧异地问。

"《橘子红了》这部电视剧知道吗?"老师傅问我们。

"周迅演的。很老的一部电视剧了。"

"没错。这部电视剧里有些场景就是来自南栅内的一个叫张家老宅的地方。"老师傅回头望着我说。如此说来,这南栅可是个老地方了啊。我立刻兴奋起来。"不过这南栅比较破了,不像东栅西栅。我曾经也带客人去南栅,但他们不喜欢,还骂我乱带路,唉……"老师傅叹息。

"能带我们去看看吗?"

"现在去南栅太阳都快落山了,你们确定要去吗?"老师傅疑惑地问。

"是的。"我很肯定,内心深处掀起一阵浪潮。张先生见我这样高兴,他更兴奋。他说,他旅行就是为了跟我在一起,帮我背包,拉行李箱,站在我身旁看着我拍照。他说,两个人旅行就是一个拍风景里的故事,一个看故事里的风景。

转过街道,老师傅穿过一条窄窄的小巷子的时候,我就知道，这里是我想要来的地方。这是一份意外的惊喜。"这是送给你的第一份礼物。"张先生说。我一愣，难道这次乌镇之旅，来到南栅是他特地安排的吗？

傍晚的街巷里没有来往的游人，遇到的都是当地的居民。有家铺子还开着门，但都是一些普通的日用品小商店。街巷里的年轻人不多，老人和孩子倒是不少。夏天的门槛边上，一个木头的洗澡盆里放着半盆充满着香皂味的洗澡水，刚洗完澡的小男孩坐在门槛边，一边闹着，一边被妈妈哄着喂饭。这样宁静平凡的小日子还真是美好。

拿起相机，我准备拍下一张的时候，师傅说，张家老宅到了。

下了黄包车，眼前是一条弄堂。"这老宅子是文物级别的了，但是很破旧。"老师傅十分惋惜地跟我们说着，然后领着我们穿过弄堂，转进院子里。这就是当年拍摄《橘子红了》的地方吗？墙上还挂着一幅剧照，那是周迅饰演的秀禾，看起来真是青涩。小时候，我特别喜欢这部电视剧。但我从来都不知道这竟然是在乌镇拍摄的，更不知道是在南栅。

"再过两三年就要改建了，就像现在的西栅一样。"老师傅说。既然如此，那就趁着繁华未来、喧嚣将至，好好欣赏这难得的素颜吧。自然，还有一份无法复制的平静。

"当年周迅饰演的三姨太所居住的绣花楼就在老宅的二楼。"

老师傅指着二楼,对我们说。寻声望去,这二楼早不是电视剧里的绣花楼了,多年的遗忘和搁置,使这老宅子清贫了不少。可惜,当年风月已去。秀禾提着灯笼穿过长廊的身影,此时也像是斑驳的记忆了。张先生一直陪我身后,视线不曾转移。老师傅的故事,他听得饶有兴趣。

"宅子的庭院里原本有一道门,现在都没了。不过张家老宅曾是乌镇最富有的一个人家。门有三道,只可惜外围的高墙和门在'文革'时期被毁了。"老师傅继续说着,比老宅子现在住的主人还要感到痛惜。我们刚下黄包车的时候,就直接入了第二道门,然后穿过一个长长的幽黑的巷子,巷口还挂着一个褪色的灯笼,然后就是第三道门,才入得庭院。只是,这第三道门不知什么时候已被上了一把锁,不能随意进入。好在,老宅里生活的还是张家的后代子嗣。我们从侧门进去,一派残破萧瑟的景象让人实在难以想出这是当年显赫一时的大户人家。

但我感到庆幸,庆幸南栅并没有"红"。原始的生活依旧在这个小巷弄堂间每日上演着。仿佛不远处的东西栅的繁华与她的败落没有丝毫关系。相反,南栅的素颜在败落中又像是一个没落的贵族。

就如同此时的张家老宅。

昔日的繁华在太平天国时毁于一旦,所幸还有些残留下的痕迹。但岁月的刀子又太无情。老宅在没有任何维修的年月里,渐渐风蚀,渐渐尘封。此时,我深刻理解老师傅的那一番痛心。

穿过弄堂,后面本该是一个大花园。但如今物非人非,一切早已不复存在。或许,在两三年后,南栅将重新被开发,张家老宅的大花园没准还能恢复昔日旧貌,这是一件好事。

从老宅子里出来,已是黄昏近晚霞了。

"回去之后我要看看这部电视剧。"张先生说。难道他的情感也被拨动了?

"前面都是些当地住户了,你们要不要再看看?"老师傅提议。

"一定要看。"我肯定地说,连车都不想坐了。直接拿着相机往前走。不过同西栅的繁华与热闹相比,这里简直就像是一块没有人烟的荒凉之处。

沿河的水很脏,各种漂浮物在水面上仰望着天空,仰望着夕阳。偶尔一只打捞漂浮物的小船在水面上缓缓而来。这与乌镇的似水年华相差甚远。可当船只穿过桥洞,在如梦如幻的夕阳下,又颇有些乌篷的味道。人们住的老房子在河岸往河面上延伸出去。这便是乌镇的典型的"枕水人家"。

但与东西栅不同的是,南栅这边的老房子更具有生活气息。残破低调的江南水乡的生活原貌似乎在城市的中心、繁华的景区附近,从未被改变。这里没有文艺,没有小资,没有小清新的年轻人。这里有枯萎的艾叶,褪色的对联,还有廉价的布鞋小荷包。

"看来我们是来对了地方。"张先生说。

"多亏了你问了一句。否则我哪里会知道乌镇还有个南栅呢?"是的,即便过去快两年了,现在想起来,我仍是感激张先生的——七夕前送给我的最好一份礼物。"所以说,旅行要两个人一起才好。"张先生笑着说,十分宠溺地看着我。我竟然害臊起来,像不远处的晚霞一般。只可惜当时的我是一头短发,否则害羞的样子一定很美。

"你就像假小子似的。"张先生说:"好好的长头发为什么要剪了呢?谁规定去西藏就一定要剪头发?"我知道他又在抱怨了。

"好,为了配合烟雨江南,水乡乌镇,等下次再来的时候,我一定是长发飘飘。"拿着相机,我跪在一道门前,心不在焉地敷衍着他。他自然是了解我的,揉着我的头发说:"下次再背着我偷偷修剪头发,我就再也不带你一起去旅行了。"我瞬间爆笑出来,诧异地盯着他,难道他不知道这次旅行,是我带他出来的吗?就连老师傅都笑了起来,说道:"你们两个感情真好。"

"谢谢。"张先生害羞了。

后来我们离开了南栅,在东栅的一间客栈放下东西,随后就又去了西栅。我不知道张先生回到深圳之后到底有没有看《橘子红了》,但我知道,自从这一次旅行之后,他就彻底迷上了旅行,而且是两个人的旅行。

东栅：似水年华

　　一直都挺喜欢小镇生活的。尤其是那种闲暇的、带点儿幽趣的、还有些味道的小镇生活。这一直是我在文字中所推崇的生活方式。所以当真的到了某个小镇上来，我自然要彻底地放空自己，让灵魂的脚尖轻触着巷子里的石板路，让周遭的人声鼎沸都飞去云霄之外的地方。

或许是这样吧，小镇的生活一直在我的心里，当我走进真正的小镇生活的时候，我又在小镇生活的心里。这像是鱼和水，谁也不能离开谁。

于是，我和张先生的第一次旅行，就选择了乌镇。

乌镇分东栅和西栅。让我富有真实生活情怀的还是东栅，一个藏着太多人文历史的乌镇东栅，在富有原始生活的同时，又带了点儿知书达理，恍如深巷子里还有那么几段美丽的似水年华。

因此，东栅就足够吸引一群群文艺青年不远千里而来了。

客栈的老板娘问我们："在东栅的游客，一般都是清早来，傍晚或下午后走，若是时间充足，顶多是住一晚。为什么你们要住两晚？"

"想在东栅多待一天。"

或许是不曾遇过，或许想好好弥补往年的这份缺憾，我总想在东栅多待一日。初见容颜，是晚上十点多了。东栅的灯火熄得早，待我们闲逛在巷子的时候，只有几个悬着的、破旧的路灯。风的吹拂，让它在夜色下摇曳着光芒。这种宁静得可以听到自己呼吸的巷子，让我惊喜。当然，我不愿打破这种美好的宁静，尽管它会让人在兴奋中有些不安。穿过巷子，我和张先生走到一条主干道上。

沧桑的石板路与鞋底的摩擦让人深刻感觉年代的久远和岁月

↗ 雨巷丁香花，江南烟雨梦之乌镇似水年华：暮色里，旧歌戏，乡间草台唱不已。摇篷船，听几曲，胡琴咿呀渔光寂。一切如故，旧河畔，老房屋，伞下的乌篷船上的那段梦，在烟雨中，渐渐离去……

↘ 一把油纸伞，是谁成就了风花雪月；青灰色的雨巷中，又是谁家的女子，撑着一把伞，路过我的梦里……

的侵蚀。我和张先生第一次这样的安静地走在巷子里。

"过了十二点就是情人节了。"张先生突然说。

"还记得你答应过我什么吗？"

"第一次两个人的旅行，要为你做的十件事。"

"哪十件你还记得吗？"停下脚步，我看着他，问。他顿了顿，突然俯身亲了我一下，说："这是第一件。"我害羞得不知道该往哪里钻哪里躲，这安静的街巷里，就只有我们两个人的身影。一下子，东栅仿佛只属于我俩。夜晚里的东栅极其安静，远远的流水潺潺十分生动。只是不能听到乌篷船在水中那划桨而过的涟漪，倒有些美中不足。隔着一条长长的街，还有一排倚河而枕的老房子。张先生的声音突然轻柔地回荡在耳畔。

"亲吻你，是第一件事。接着是送花，陪你看一场电影，买一份夜宵，给你撑着伞，帮你拿东西，还有抱着你，顺便洗一次衣服，接着被你咬，最后跳河。"

想不到他记得这么清楚。但是关于跳河，后来我撤销了。谁又会那么任性真忍心看自己喜欢的人跳河呢？就在这时，一对年轻的小情侣迎面走来，他们的步伐很慢，慢得像是时钟里的秒针一般。我猜他们是在等凌晨两点多的那一场关于七夕的流星雨。

"凌晨一点多的时候，我们也出来看流星雨吧。这是第十一件事情。"

女汉子在遇上爱情之后,小女人的情怀在一个美丽的小镇里难免会想有一场似水年华般的烂漫回忆,或者说是一段故事。"好。"他回答得很肯定。

但一大清早,我们从各自的房间出来后,竟然都埋怨起彼此。

"昨晚,为什么不叫醒我?"

"你也忘了不是吗?"

"我没忘,我就是睡过了。"

"我就是想让你好好睡一觉。"

"借口。"

两人在客栈门口争论了一会儿之后,张先生突然指着前方不远处一间卖蓝布刺花的铺子说:"别不高兴了。那里好像有你喜欢的东西。"我抬眼望去,果真是一个吸引文艺女青年的小铺子。就这样,流星雨事件过去了。

夜晚的东栅是宁静的,白天的东栅却是冷清的。除了一群跟团的来来往往,也就剩下我和张先生了。街巷的门铺大多都关着,做生意的很少。走了一段路之后,才发现一个吃早点的店铺。这让人有些意外,比起西栅,东栅好像失了宠。可能是天气太过热情了罢,才导致更多的人都躲在了屋檐后面。

只有我乐此不疲,尽管这太阳晒得皮肤的确不好受。

东栅的人文景点相当集中,从江南民俗馆,到木雕陈列馆,然后是余榴梁钱币馆,再是茅盾故居。从客栈出来后便一直朝前走,不难发现,这条看似冷清的街道竟是一条充满人文气息的老街。我立刻兴奋起来。在我们吃早点的店铺对面,就是文财神比干的神像。

"文有比干,武有关羽,中国的财神还真多啊。"张先生感叹。

"要不要去拜拜?"我调侃。

张先生笑了,没有理会我。

斜对面的药铺前面是一个码头,当地划船的老师傅说,这码头叫财神湾。也难怪码头边上会供着一个文财神了。只是不知道这比干跟乌镇又有着什么渊源。

走过逢源双桥的时候,我们便从人文历史街走到了另一条真正开门做生意的街道了。恰好遇上天色蔚蓝,倒映着青瓦白墙的水面显得更加诗意。而这一段老街,我们也走得缓慢。门上的双喜字,还有干枯的艾叶,哪怕是已经翻卷的金童玉女纸贴,在巷子的折影中都显得生动温馨,将江南水乡的生活格调诠释得淋漓尽致。

这与南栅,有些相像。

"在乌镇,还保留着一些原始居民的生活方式。但大多都只是老人和孩子了。他们习惯了小镇生活,也习惯了几十年来一成不变的生活。"一个女导游领着她的团队指着四周的老房子说。

摆放在门口的烧水的炉子,还在冒着烟气。旁边门上挂着的艾叶枯萎得难以分辨。小镇的生活仿佛一下变得缓慢起来。或者说,它的步伐从未快过。但今天是情人节,张先生不想把所有的时间都给东栅。

所以,我们出了东栅之后,又在老戏台逗留了一会儿。

恰巧遇上两个老人家浓妆艳抹地上演着一出花鼓戏。我听不懂,像是我们还不能懂得小镇的真正生活。但人生如戏,曲曲折折也过了快一辈子了。重要的是,我们还能不能看到这一出戏?你的身边有谁陪你看着这一场戏?

"喜欢乌镇吗?"我问张先生。

张先生没有说话,但他很温柔地看了我一眼。这让我想起一句话来:

"在中国南方的一个水乡小镇,它有古旧的美、清净的幽、安详的温和,而且是幽静的轻伤。在地图上根本找不到它的影子,但它一直在那里,不曾离去,也不曾远去。而这样的一个地方可能是世界上最适于恋爱和抒情的地方了。"

所以,张先生是喜欢乌镇的。

我也是。

一起私奔去绍兴吧

//

我去过很多小镇,走过许多巷子,摸过无数次粉墙黛瓦,错过一段又一段的吟风弄月……百转千回,我到过很多地方,走过许多桥,有过无数次擦肩而过,唯有人群里的一眼,恰在最好的时光里,正好爱上了一个最好的人。

在绍兴待的日子不长,算起来也就两三天吧。

这是我一直都想来的地方。但我一直在等一个机会，等有一个人能和我一起来。可能是跟张先生在一起吧，短暂的时光在这个古城里闲荡着显得十分漫长。我们没有因为爱情，而沦陷沉醉当中。像是谁遗忘了时间，遗忘了自己，像是在沈园里的那一趟闲走，像是在鲁迅祖居里的一番缅怀。

小城给我的感觉是悠闲的，闲漫的，没有太多的繁杂，即便这是一座车水马龙夜色斑斓的城市。但一种气质，一种悠长，在我下车的一瞬间，滴水不漏地掩盖住了繁华和喧嚣。这种存在于闹市中的小桥流水人家，如此闲适，如此自在，还是第一次见到。恍若我来到的不是绍兴，却又是绍兴。

这可能是张先生陪着我的原因吧。

都说绍兴的酒水特香，来绍兴的游人总会找个铺子，坐下来，点一壶女儿红，吃吃绍兴菜，似乎只有这样才能对得起在绍兴的一番闲走。也许，这是有道理的——但关于浅酌花雕，不知我算不算是错过呢？

趁着夜色，路灯显得昏黄，江南特有的建筑围墙里探出的一棵大梧桐树，在灯光下，落叶十分沉醉，仿佛也喝上了一壶女儿红，朦朦胧胧，摇摇曳曳。

或许，这又是绍兴的缘故。

我们从乌镇赶去绍兴，像是从一个小镇到一座城，从一个水

↗ 我去过很多小镇，走过很多巷子，摸过很多次粉墙黛瓦，有过很多次美好的遇见，也有很多次的擦肩。而最美不过，在正好的时光里，遇上了一个最对的人。

↘ 喜欢一个人看风景，不管是桥上，还是桥下，不管你是在看人，还是在看景，我始终是在桥上，也在桥下。

乡到另一个水乡。如果,想在绍兴找到乌镇的影子,还是有迹可循的。乌篷船,小桥流水,烟雨江南的味道依然比比皆是。但若想在乌镇找到绍兴的影子,怕是有些难了——一段段千古佳话,一座座名人祖居,藏匿在这个充满人文气息和酒香的古城里,恐怕在枕水人家的乌镇,翻遍了整个似水年华,也是难找到的。

也许正是如此,才有前面我下车的那一抹触动吧。

"我喜欢绍兴的生活状态。"张先生说。

红酥手黄藤酒……朝花夕拾醉越城。

绍兴的味道在爱情里就是一壶黄藤酒,有些故事或在词话里,但有些故事在心里;绍兴的味道在童年里就是一本朝花夕拾,有些往事或在历史里,但有些往事在笔尖上。在绍兴,走马观花似的匆匆而过,是一种不负责的辜负。

所以我与张先生闲走了沈园,漫步了鲁迅故居,泛游了东湖,轻抚了兰亭;张先生与我,怀想了钗头凤,回忆了三味书屋,叹绝了碧潭岩影,惊赞了兰亭序。恍若绍兴一切美的东西,存在的或不存在的,都出现在眼前,留在脑海里。

我们准备回杭州了。张先生有些留恋:"再留一晚上吧。"

"根据行程,今天我们要回杭州的。"

"行程可以改的。但绍兴距离深圳那么远,下次来不知道是什么时候呢。"

"要不你留下?"

"你不留?"张先生吃了一惊。

"我在杭州等你!"我笑着说,他的表情突然有些严肃。"你走了,我一个人留在绍兴有什么意义?之所以不想回杭州,就怕跟你早早分开。"

我觉得莫名感动。记得在乌镇过情人节的时候,本来属于我们两个人的世界,最后竟然忙着给粉丝们寄明信片耽搁了。张先生一句埋怨的话都没有。相反,他忙前忙后,帮我整理明信片,写地址,不亦乐乎。原来这都是为了我。

所以,我们绍兴又多待了一晚上。

这还是夏天的时候,天气颇热。但街道两旁的梧桐树已经落了一地的叶子。尘土飞扬、车水马龙间,梧桐叶像是翩翩起舞的蝴蝶一般,引着我们慢慢地朝前走去,朝小巷子里走去,狭窄的胡同里没有尽头,穿过一条又一条。昏黄的路灯拉长了我们的身影,摇曳的梧桐叶像从街道来,从白墙灰瓦来,从天上来……月光正好,洒落在路灯里,看不清是灯光还是月光,但我与张先生的身影却是愈发清晰了。

幽静的风在幽静的巷子穿梭着,幽静的一对人儿在幽静的古城里闲走着,幽静的月光洒落在幽静的人间,像是绍兴,像是唯有在绍兴——如此,这般幽静,才能像是从一首诗中走来、从一段往事里醒来。渐渐,我有些分不清我是在现实的绍兴,还是在谁笔下的绍兴?

走着,走着,渐渐的,这已不重要。

一座喧哗的城,即使车水马龙,也难以掩盖它本真的气质。我开始有种错觉,看着霓虹灯闪烁,看着汽车扬尘而去,看着人行道上来来往往,我恍惚觉得这已不是一座城,而是谁笔下的一个故事——这个故事,正在发生着,而我与张先生,恰好就在这个故事里。一切看似是个巧合,但又这样真真切切。

我想这个正写故事的人,未必就是过去的角色,没准是天台上正在说书的老朋友。我不知道他在哪里,是男是女也很模糊,但不会因此困惑,因为故事发生了,还没有结局,我要思量的是,要如何才能在这个故事里、这个古城里,看到本身的结局,我的结局。

离开巷子的时候,趁着月色恰好,我们走过了鲁迅的祖居——这是一条街道,有些铺子已经关了门,有些还依旧敞着门,但灯光已经暗了下来。卖着手工编艺的老爷子还在摆着摊,一根电线扯着一个电炮,悬挂在三轮车上。就这么一点光,再借着月光,地上摆着的那些栩栩如生的昆虫花鸟像是活着,只是夜深了,它们都睡去了。

这让我想起鲁迅先生写的一个故事,百草园里的童年往事。

恰好老爷子的摊子就摆在了他祖居前，真像是时空的交错。我似乎看见了一个男孩，正蹲在草丛里，翻着砖头，找着蛐蛐、蝈蝈。

好熟悉的情节，像是自己童年的回忆。我一时间还不能从中醒来。

"前面好像有唱戏的？"突然，张先生拉着我说。我这才回过神来。风中，好像是真的从哪里传来的一阵阵戏曲的声音，好远，好近，好远，好近。

其实，在绍兴的每个角落里，都有着这样熟悉的童年回忆，都有着这样熟悉的故事片段。倘若用了心，就会一不小心地落到了这个回忆的片段里。再醒来的时候，或许欢喜，或许忧伤。但这都不是可悲的。至少对我而言，不论我醒着的还是醉着的，张先生始终都陪在身边。比起沈园里的那段爱情，我更在意我们这段平凡的故事。所以，我们一直很小心，很小心地走在这个故事中。否则这将是一种不负责的辜负——辜负了绍兴，辜负了自己。

"等我们老了，我们也找一个这样的安静的地方度过剩下的日子，好吗？"我问张先生。

"为什么要等老了？"张先生好奇地反问我。

我一愣，是啊，为什么要等老了才来找一个安静的地方呢？

"因为年轻的时候安静不了。就算来了安静的地方，也只能是几天的时间。长久下去，人一定还是会贪恋外面的风光。"我想了很久，终于找到了一个可以说服自己的理由。

但张先生依旧摇摇头，说："这要看跟谁在一起了。"

"人会变的。"

"你会变吗？"突然，他看我的眼神很认真。

"说不会变，你信吗？"我问他，他点点头。

"情人节没送你一束花，我心里挺难受的。到杭州的时候，我要买两束给你。一束是情人节，一束是你的承诺。"张先生拉着我的手，像个孩子一样说着这样的话。后来他真的买了两束花。而这两束花，我一直都留着。我留到那么一天，在我们的婚礼上，见证我们的爱情！

一个人，或两个人，守着一座城的最后一夜。——这听起来似乎有些悲凉。但其实，是一种不曾有的珍惜。我和张先生坐在桥头的石阶上，吃着小吃，说着话，很久很久，才起身要回去酒店。他牵着我的手，月光下，我们的身影挨得很近很近。

我来到你的城市

　　//

　　我希望，在结婚之前，跟张先生来一次说走就走的长途旅行。我一直都想去西藏，尽管已去过两次。但仍想再去。只因从未有一个人陪我去西藏。

　　很多时候，我总想起四川的那个女孩。她的梦想就是等一个适合的人，一起去西藏。如今，我等到了这个适合的人，却未曾等到一次合适的机会。

"去吧。去他生活、工作的地方看看吧。"有一天,闺蜜跟我说。"不一定要去那么远的地方,就去他的城市看看吧。"

"去深圳?"我有些惊诧。

"如果你梦见了一个你想见的人,那么醒来就去找他吧。"闺蜜突然说出如此文艺的话,这让我有些意外。我想,她一定是看了什么书了吧。"你不是一直很想念他吗?听说,他也很想念你呢。一千多公里的距离都不能阻止你们相互想念,那你还在担心什么呢?"闺蜜继续说着,我无言以对。望着窗外,我还记得张先生来过这里呢。"我一直以来都不看好异地恋的,而且你们隔得太远了。"闺蜜依旧说着,她开始给我泼冷水了。我刚错愕,她又转了话题:"但我相信你。你遇见那么多人,却从来没为谁停留过。突然有一天,你就告诉我你谈恋爱了。我还很吃惊,怎么会有一个男人肯要一个女汉子呢?"

"我就那么差劲?"

"对。你就是差劲。既然想念他,就去找他啊。"闺蜜激动起来。但她说得对,既然我想念张先生,为什么我还要一个人跑去远方旅行呢?既然我那么喜欢旅行,为什么不去张先生所在的城市看一看呢?

第二天,就买了一张机票,飞去了深圳。

那天,天很蓝,刚刚入秋。但深圳仍是夏天的模样。见到张

↗ 深圳南澳。这是张先生带我去过的最美的地方。

↘ 有人告诉我,如果失眠,一定是你出现在某个人的梦里。我今夜无眠……
后来我发现,不是我进了你的梦里,而是因为,你离开了我的心里。

先生的时候,我很激动,也很害羞。原来爱情真的是可以改变一个人。望着天空,架桥上的一枝三角梅落了下来。我一愣,这不是曾在丽江所见到过的吗?没想到,深圳也有。

"看什么呢?"张先生提着我的行李问。

"天气很好。"我笑着回答。

"告诉你一个小秘密。"张先生看着我,很认真地说。我一愣,到底是什么秘密会如此严肃?可千万别煞了这眼前的风景啊。

"昨晚我又梦到了你。"他拉着我的手,往地铁走去。

"那你怎么不来找我?"我想起了闺蜜的话,故意问他。

他笑了起来。我发现张先生特别喜欢笑。"这不是来机场找你了吗?"

"好吧。"我无言以对,但心里很甜蜜。就像是这蓝蓝的天空里突然探出一枝玫红色的三角梅。张先生跟公司请了几天假,他说他不放心让我一个人在这座城市里溜达。我一直不知道,我来深圳,到底是闺蜜的劝说,还是我为一次奋不顾身的爱情而爆发的冲动呢?好像每一次跟张先生分别,再相聚的时候,我总觉得像是刚刚开始的样子。我总是害羞。这可能是我第一次主动去见张先生吧。第一次来到他的城市。一切,还是陌生的。

深圳的街道很干净,似乎沿海城市的环境都很好。深圳也不例外。

"深圳可没有古镇这些地方,我担心你会很闷。"地铁上,张先生说道。

"这次我又不是来旅行的。"

"特地看我?"

"嗯。"

"这不像是你的风格啊。"张先生调侃起来,笑得很开心。这家伙是得了便宜还卖乖?

"那我等下去广州,反正深圳没什么好玩的地方。"我瞪了他一眼,假装生气地说。

张先生不是深圳人,他只是在深圳工作。但他对深圳似乎很留恋。遇见我之前,他有过一段爱情。是那个女孩辜负了他。这让我很诧异,为什么这样好的男人,还是会有人不懂得珍惜呢?不过,如果有一天我见到了这个女孩,我一定要跟她说声谢谢。若不是她的放手,我岂能跟张先生认识,并且走到一起呢?

不过,我相信他对深圳的留恋,并不是因为那个女孩。兴许只是单纯的习惯。就像是我习惯了在一座城市生活,突然让我搬到另一座城市,我想我也会生疏的吧。因为习惯,就不想离开了。我从未计较。

张先生住的小区有一棵很大的老树。树枝上攀着的藤子很长,不是悬在半空,就是落在地上。老树下,有一张桌子。这桌子上无论什么时候都摆着一盘棋。张先生说,这里每天都会很多人在下棋,喝茶,扇着扇子。这样的感觉真好啊。"可能挨着广州很近吧。这里的老人很享受生活的。一早就起来喝茶散步,午后下棋,一点儿也不匆忙。有时候,还有年轻人凑过去呢。"张先生羡慕地说着,其实我更羡慕他能在这样的环境里。

我一直以为张先生的生活应该是时尚的。跟我身边所有的男性朋友一样。但我没想到,他的生活如此简单,上班、下班、买菜、做饭,完全是一个居家男人的模样。

顿时,我觉得我捡了个宝。

不由的,想再次感谢那个女孩了。

"我很幸运,能够遇到你。"有一天,张先生对我说。

"我也是呢。"抱着张先生,我心底的话没说出来。我只想找个人过寻常的日子,没有波澜,也不会悲伤,遇到蚊子欺负我的时候,我把他推出去挡蚊子,他也不敢说不。是的,我要的就是平凡的日子。不过,在深圳的这几天,还没一只蚊子敢欺负我。

我经常问张先生同一个问题:"遇到我,你后悔吗?""不,我为什么要后悔?"刚开始,张先生会这么回答我。时间长了,他总会反问我一句:"很多女人都喜欢问男人爱不爱她?只有你常常问我后不后悔,为什么你不问我爱不爱你呢?"我一愣,这个问题还需要问吗?"那么,我后不后悔这个问题也需要问吗?"

张先生于是这样问我,"不过,我喜欢听你问这个问题。至少你是很爱我的。"说着,他得意地笑了起来。

"亲爱的,吃饭了。"

有一天晚上快八点的时候,张先生轻轻把我叫醒。

他竟然准备好了晚餐。那天下午,我们从南澳回来,我累得倒在床上就睡了。

"这些菜,我都跟你学的。尝尝,觉得怎么样?"张先生满怀期待地说道。没想到他竟然曾经偷偷注意过我烧菜?

"你偷师!"我开玩笑地夹着一块鸡肉塞到嘴里说。

味道确实很好。张先生实在太令人意外了,他给了我一个惊喜。

"好吃吗?"他问我。

"好吃。"我感动得想哭。从南澳回来,疲倦的人不止我一个,张先生应该更累,还要替我背包,拿东西。晚上回来的时候,趁我睡着了,再买菜煮饭。只是为了向我证明,他的厨艺有进展吗?

如果是这样,仿佛没有什么惊喜会比这个更令女孩心动了。

但我知道,一定不是这样。

多年以后,或许才能明白,拿一辈子的跌宕繁华去换余生的素静平凡,才是两个人最好的日子。所以,从现在起,有一个人乐于煮饭，也有一个人喜于洗碗，这就够了。

在深圳的这简短的日子里，张先生不是带着我去广州、珠海，就是去香港。我问他为什么不在深圳多待待呢？他说怕委屈了我。"跟你在一起，我怎么会委屈？"走的那天，我在机场问他。"但我还是想让你更快乐一点。而且，刚好我也想去转转呢。"张先生说着，突然转过脸去，沉默了。

"什么时候去见我的家人？"

"你是认真的吗？"张先生惊诧地问我，他眼眶还挂着泪呢。

"国庆节怎么样？"

"好。"他高兴地抱着我，直到要检票的时候才松开。

而这一次短暂的分开，等待的将是下一次更长久的陪伴。

我用一生，换你四十春秋

在这个世界上，我是一个陌生人，因为上帝的眷顾，我有了家人，有了朋友。

但得到这一切，我是一个陌生的人，因为还没有遇见你。人生是一张奇妙的四季纸，我在哪里会遇见你，完全不是我能操笔的。而字里行间的牵绊，亦不是我能所料想的。

年轻时你说怕辜负一个女子、辜负一颗期望终老的心。所以不敢轻言承诺。那好，等我们一起老去，你再把那欠我的半世岁月还给我。

直到有一天，我做了一个梦，梦里没有白天黑夜，也没有太阳月亮，我不知道自己在哪里，悬着的身体未曾因此不安，倒是好奇的眼神里，出现了一片没有黑夜的星空。

所以，当我醒来的时候，我就看见你了。

上帝说，这是命运的安排。

只是，我知道，有一段路，需要一个人走，有一段路，需要两个人走；有一段路，只能一个人走，有一段路，希望两个人走；

有一段路，你看着我走，有一段路，我带着你走；有一段路，我怕你孤单，有一段路，你怕我寂寞。如果，世上的路只分悲欢离合，那么从一开始，我们就一起走，谁也不让对方承受煎熬。

所以，我们就顺其自然地相遇了，顺其自然地走到一起了。谁也没有想到，会在某一次旅途中遇见彼此，这是一个意外。而我也不曾想，会在某个时间里，遇见一个未曾素面的陌生人。在你的世界里，其实我也是个陌生人，亦如此时在我眼里，你也只是陌生人。擦肩而过的浅短缘分几乎每天都在上演，而沦为生命过客的可怜人更是比比皆是。因此，我不曾想，你会是我熟悉的人，也从未奢望，我会是你心里的人。

如果一定要给个合理的解释，我只能回答，这是缘分。

那个时候，我们还很年轻，缘分像一颗糖果，甜蜜着两个人的青春。未来和过去，成了空气，此时和现在，黏黏糊糊倒是埋怨时间太少，来得不够多。但我相信，我能和你一起走下去，亦如你能坚信，会在将来的某一天，给我一个幸福的婚礼。因此，你奋斗着，因此，我努力着。只是，生活的轨迹并不在同一条道上，所幸的是，我们的思想从未停滞。

没有遇见你之前，我还是一个陌生人，在自己的国度里实现着梦想。流浪，旅行，创作，这些幻想式的词眼儿在现实生活里，在城市的钢铁水泥里，它轻柔的像是一个温柔的艺术家。只是我不敢拥抱着它招摇过市,只能躲在个角落里,悄悄地告诉自己,我要遵循着心走,偷偷地告诉你,我这是在遇见另一个自己。但结果到底是怎样,其实真的不重要。就像旅行的意义,旅行的真正意义是没有意义。只是通过旅行,来提升自己的思想和阅历,这便就是意义。

后来,遇见你。

平常的一天里,我照旧走着,背着包,带着相机,把世界最美的风景全揽在生活里。偏偏,你的身影,藏在风景里,是那样的隐蔽,任我分辨力再强,任镜头拉得再近,不一小心,我还是将你揽入了生活里。

我想,恐怕你也觉得意外。你无心走进风景里,我无意将你揽入生活里,只在拼图查看的时

候,才突然发现了彼此。竟然是这样的微妙,什么时候开始的,这是一个问号,是谁遇见了谁,也是一个问号。但唯一能回答的,一切都是缘分。

二十四五个春秋里,我一直以为,未来的四十年里,我都将是一个人,除了家人,朋友,我就是一个陌生人。一生的时间,怕也只是为了这四十年的光阴。四十年里,我要做什么?也许继续流浪,继续旅行,过着没有安定且是漂泊的寂寞生涯。如果说,命运对我的眷顾只到此便就结束了,那么,这四十年的光阴,我怕只为了这么一个陌生人就结束了。

但上帝,倒是不忍心,其实我也未曾埋怨,倒也是轻松自在。但他不忍心,不忍心让我孤独终老,看我寂寞生涯。于是,你藏进了风景里,我揽入了生活里。

遇见你,我便是个熟悉的人。

爱上你,我从此不再孤单。

有一段路,我要一个人走,那是遇见你之前,我别无选择。有一段路,需要两个人走,因为有了你,我不愿再孤单地走。彭佳慧有一首歌,我特别喜欢,叫作《相见恨晚》。只是,我并不觉得我们相遇是太晚了些。但不得不承认,你对爱,不够勇敢。如果说,这是上帝的安排,是我所不能拒绝的,也无法躲避的。那么,我愿意放弃四十年的光阴梦想,愿意用一生的时间,来换取你的四十年春秋。

　　但请不要误会，这不是要囚禁你，也不是要霸占你，我只想在你的心上，留下两个脚印，期限是四十年。天长地久的诺言，我不允许你草率给我，海枯石烂的誓言，我也不允许你轻易给我。既然遇见你，是上帝的仁慈，那么我不贪心，没有任何理由去贪心。因此，我只要你的四十年。四十年后，我可能死了，也可能是活着，但我没有力气爱了，也没有心思去爱了。如果上帝给我最后一个仁慈，我倒是愿意先死去。

　　因此，我要的期限，只有四十年。

　　所以，在我六十五岁的时候，请送我一束玫瑰，放在尘埃里，对着风说：下一辈子，用你的全部，还我的半世人生。

　　偏偏，我又想得太美，可能是我们还年轻，你还不敢给我一个让我甘心四十年的证明。其实，我的要求很简单，只想让漂泊的灵魂，有个温暖的家。只是，年轻的时候，你说怕，怕辜负一个女子，辜负一颗终老的心。所以，不敢轻言许诺。那好，等我们老一点的时候，不再年轻了，你再把那欠我的半世岁月还给我。

　　这是下辈子的诺言。

　　但同时，不能全怪你不敢，全怪你怕，很多时候，我也怕。我不是一个美丽的女子，没有过人的才华。作为女子，我又不够温婉，也不懂得温柔。如果说，女人是水做的，我有的，怕只剩下泪水。可是，没有一个男人会喜欢女人眼角的失落，会贪恋女人眼眶里的泪水。所以，在你跟前，我卑微得像是一朵枯萎的花，低落在尘埃里。我努力使自己变得美丽，但始终，无法抵破尘埃，仰望高在云端的你。

我不是一个卑贱的女子，也不甘就这样平庸下去。但在你跟前，我心甘情愿一笑而过。就像当初，在梦想面前，我心甘情愿从此流浪。两个人，总有一个要牺牲，不管是梦想，还是爱情。当初，你的无心，我的无意，直到彼此有心有意，我就知道，我已不是生活里单单的一个人了。而你，也不仅仅只是藏在风景里。

有一本书，叫作《一个人的朝圣》。哈罗德，这个妻子眼里的窝囊废，这个人生的loser（失败者），在给身患癌症的好友寄信的过程中想到他的人生，经过了一个又一个邮筒，越走越远，最后，他从英国最西南一路走到了最东北，横跨整个英格兰。87天，627英里，只凭一个信念：只要他走，老友就会活下去！

我知道我不能在87天里，627英里，跨越整个中国。我没有这样的勇气。但幸福的是，在你的眼里，我是如此的优秀。这一点，比哈罗德幸运多了。但他有一个坚定不移的信念。如果突然有一天，上帝告诉我，和你在一起，我要失去许多，那么，我会用我遇见你的那一天开始，一直走到死时离开的那一天结束。我不知道，中间的路途是多少英里，但我知道，这是我一生的时间。

不多不少，只换你一个四十年春秋。

但你告诉我，我得坚持自己，不能因为你的存在或离去，就失去了本来的样子。所以，我要跟你说，如果，我给的都不是你想要的。那么，我只希望，下雨的时候，请撑开我的伞，走过世界的荒芜，只为有一天，雨停了，花开了，世界有了你想要的一切。而我，也老了，走不动了，躺在尘埃里，长满了草。可能，你不曾注意，不曾懂得。当一个女人用一生去换取你仅仅四十年春秋的时候，这是怎样的赌注和勇气。

尤其是我。

所以，雨停了，我可以等下一场雨季，花谢了，我可以等下一个春天。列车过了，我可以等下一班旅程，电影没了，我可以等下一个故事。但有些人，哪怕是耗费了一生的时光，也等不到……

尤其是你。

所以，不要怕，年轻没什么，我们终会成熟。年轻没什么不好，我们终会长大。年轻并不无能，我们终会成功。所以，等我们老一点的时候，再去办一场轰轰烈烈的婚礼。而正当年轻的时候，就去疯狂地，做我们想做的、喜欢做的事情。

比如，半夜醒来的时候，我轻轻吻了吻你的额头，卷缩在你的怀里，又是一场好梦。

半个青柠

 //

冬天的暖阳,像是初夏的气候,一杯热腾腾的奶茶,像是一块刚切开的西瓜。只是女孩们依旧爱美,只是轻柔的碎花裙换成了厚的短裙。

我还是老样子,头发好像一点儿也没长,一直是个尴尬的长度。穿衣的风格也不曾变化,喜欢的东西不是破的就是旧的。当

↗ 我走在时光的旅途中,寻找着被自己丢弃的真实。时光告诉我,真实一直都在,只是大家都遗忘了。人生很短,是旅行,也是修行。

然,仍是喜欢大红色的唇膏。这与冬天似乎没什么关系,但春来秋去,过了一个漫长的盛夏,徒留冬季,我仍是老样子,不偏袒于谁,更不会偏心。

难过的是,窗前的叶子落光了,我才感到冬天的靠近。这是一个迟到的觉悟,就像是一个人久了,日子过得就像是一条狗,冷暖自知,偏又不甘,却也无奈。最要命的是自己就是一条狗,一条流浪狗。

春来秋去，哪怕盛夏酷热，也不会想到孤独，这其间，真不明白自己到底是在享受哪门子乐趣。偏偏入了冬，身子感到冷，手脚感到麻木，眼角的皱纹又多了一条，这才想起，在美好的时光里似乎错过了什么。

我是不是该给自己一巴掌？

可有些时候，似乎一巴掌还不够疼。

一个人的时候，我像是自由的风，赚了钱一半留给未来，一半留给现在，生活没有羁绊，要么酸，要么甜，没有太多思考。可当两个人的时候，我就莫名的有些变化了，开始害怕老去，甚至是死去。若问我为什么，我只能说，我贪恋那一份久违的美好。

我该珍惜，更应该死死地抓在手里，即便它是流沙，也得要装在瓶子里挂在胸前。我贪恋这样的好，像是吃了毒药，多洗一双碗筷比一个人吃饭来得幸福，多一张电影票比省一张钱来得甜蜜，多一个怀抱比一个人哆嗦来得暖和，多一个人吵架比一个人寡言来得热闹。

有些人由原来两个人变回一个人，并且享受一个人，这里面的故事一定是发生了不可扭转的事故。但这毕竟还是少数的，我不能以偏概全，仍是相信，在这个世上一定有那么一个人在某一个城市的角落里，等待我的到来。

所以我来了，所以没有让他白等，所以我为自己曾经的一个人感到矫情。

像是青柠，整个的时候，很酸，酸得像是看透了人世间的爱情。切了半个后，才懂得，酸汁里头藏了人世间最好的爱情。

只是它需要有人懂，有人理解，否则故事就成了事故。

突然有一天，表妹问我，如果张先生和你分手了，你要怎么办？

去旅行，毕竟我和他是在旅行的时候遇见的。

去哪里？

去曾经一起去过的地方。

然后呢？

继续旅行。

和张先生之间就这样结束了？

如果装流沙的瓶子突然碎掉了，即便我全部捡了起来，但里头难免会掺了尘，始终回不去原来的样子。如果本该美好的故事因此变成了事故，这原本的一切都将会是个遗憾。这又何苦呢？

表妹说我铁石心肠，不懂珍惜。

我真的很想给自己一巴掌，可是不懂青柠的酸的人，又怎会明白青柠还有甜的时候。所以，倘若真有这么一天，我自然不会后悔。可幸运的是，人世间哪里会有那么多的如果任自己胡思乱想。活在当下，才是我和张先生真正要过的日子。

修来的婚纱

张先生走的那天,我借了他一本书,是我最喜欢的——《撒哈拉的故事》。

张先生到了地方,给我打了个电话,他问我,是不是故意借他这本书的?我没有意识到这话的涵义,只告诉他,一个人在漫长的旅途中,看这本书,比较有意义。

他说，确实是有意义。

我仍没有意会。

他接着说，三毛遇见荷西这样的男人，真是幸福。一个习惯了流浪生活的女人，选择在一个荒芜的沙漠生活，除了荷西，怕是没有第二个男人如此心甘情愿，感到幸福。荷西，确实很支持她，懂她。

像是我对你一样，支持你，懂你，哪怕你在千里之外。

张先生说完这番话的时候，我心里挺触动的。然后他笑了，又说，我真怀疑你是故意拿这本书给我的，不过，这样的生活确实挺好。看到三毛在书中描写布置屋子的时候，我就想到了你。

其实，没有遇见张先生之前，我也经历过感情，只是那时，向往的可能只是爱情，有些漂泊，有些动荡。突然某一天，就想停下来，想想，那一天，好像就是遇见张先生的时候，在杭州机场，那一次，我从西藏回来没多久。

后来，我们结伴去了乌镇，去了绍兴，并且过了一个七夕。

我以为故事就是这样开头的，想是三毛说的那样，在这城市里，我相信一定会有那麼一个人，想着同样的事情，怀着相似的频率，在某站寂寞的出口，安排好了与我相遇。

只是我与张先生，来自两个不同的城市，抵达另一个相同的城市，然后相遇。这安排的时间刚刚好。

↗ 其实我真正的目的,并不在于走过千山万水,而是为了在路上遇见,并与你一起走向终点,那里有属于我们的风景。

↘ 我与这个世界那么远,却依旧无法阻挡我征服远方的决心;我与眼前的你这么近,可最远的距离,竟是你的心里。

一个习惯独自行走的人，往往在朝九晚五的圈子里成了远方流浪的人。当有一天，她突然停了下来，并且结婚了，几乎所有的人都不敢相信。可我相信，我相信她之所以会停下，不是因为前方风景不再美丽，而是她的身边有了更重要的东西。

旅途中所有的相遇都是浪漫的，即便结局充满悲伤，可仍是令人高兴的。只是，我从未想过我会遇见一个完整的、结局温暖的故事。或许正是这样，遇见了张先生，我有了想停下来的决心。一直以来，孤独的旅途中，孤单的背影拉着一颗不甘平淡的心，纵然遇见了许多人，纵然发生了许多故事，可内心深处的孤独，像是来自沙漠的一朵黄花，长满了刺，无人敢靠近，也不愿去靠近旁人。

好像是在修行，不知不觉中的修行，只为去刺，开花，得一个结果。

曾经不甘平淡，是因为没有经历波澜，一旦上了路，历经许多意想不到的事情，有悲伤的，有快乐的，有痛苦的，有狂妄的，五味杂陈，百感交集。

那时，上路，充满了惊喜和惊险，无知和好奇，直到后来，才懂得，曾经的平淡，是如此珍贵，如此怀念。生如夏花，死如秋叶，可能就是这么一个道理吧。

像是后来，我跟张先生说：

婚前，我有个梦想，比较任性，进藏，走不同的路线，跟他一起；婚后，我有个梦想，平淡一点，开个小店，一半霓裳，一半茶烟。最好门前种棵梧桐，抑或银杏。

张先生说好，充满了期待。

一个人转山，一个转水，总要两个人一起转佛塔，修得正果，才是好的。

有些时候，一个人行走，我也想着能在路上，遇见一个人，发生一些故事，即便没有波澜，没有触动，但能两个人一起看风景，一起经历汗水和阳光，就是最美丽的。直到后来，我才真正明白，这不过是想象的美好。

如果没有一丝情愫在两人之间，即便风景再好，经历过汗水和阳光，似乎就变得平淡、乏味了。

这说来有些矫情。

但毕竟也是我所感悟到的，除非那两个人变成四个人，六个人，八个人，从尴尬的孤男寡女壮大到一个联盟的友谊，如此堪比，似乎更有意义。

但说到张先生，不由觉得，一切都是安排好的。从乌镇到绍兴，从陌生到熟悉，与张先生之间，亦如后来在文中所写的那样——

我去过很多小镇，走过许多巷子，摸过无数次粉墙黛瓦，错过一段又一段的吟风弄月……百转千回，我去过很多地方，走过许多桥，遇见无数次擦肩而过，唯有人群里的一眼，正好是在最好的时光里，正好爱上了一个最好的人。——《我与张先生的绍兴之旅》

这是珍贵的记忆，像是一张照片，因为唯一，即便泛黄已老，仍是犹新。

毋庸置疑，我确实将一颗漂泊的心托付给了他。

只因他能，给我一个安定。

似乎没有什么誓言能比这个还要值得我去心动了。

今晚，张先生突然早早地给我打了一个电话，我有些诧异，平日里，他从未这样过。问他什么事情的时候，他竟然说，向我请个假。我愣了愣，没反应过来。他接着说，晚上我要跟瑶哥一起去看个电影，新上映的，所以，我要在十一点左右才能给你电话了。

听着，我哭笑不得。每天晚上，一个电话，是我与他之间的约定。只是没想到，他会特地先请个假。行为有些可爱，但我仍是有些抱怨，竟然撒起娇来，说，你每次看电影都是跟瑶哥一起，从来没跟我看过一场电影。还记得在杭州的时候，你答应我一起看场电影的，结果一直遥遥无期。

张先生顿觉惭愧，但他确实并非故意。

安心去看电影吧,我没这么小气的,别忘了回来给我打个电话。

说罢,我怀着即将两个人生活的心情,慢慢地等待……等待嫁纱的到来。

假如生活不尽人意,不如一路向西去大理。神秘又传奇的彩云之南,除了沿途风景,它还给我们故事和惊喜。比如艳遇丽江。

第四章 【番外】一路向西,彩云之南

旅行，只是一个美丽的借口

　　她喜欢阳光，喜欢在摇晃的躺椅上，晒着下午五点的阳光。只因那份温度刚好温柔。她喜欢旅行，喜欢陌生，只因那份温柔包容了她一切的好，和一切的坏。但不管去哪里，她都一个人来，一个人走，哪怕欢喜不及悲伤，也是轻轻一笑。只因这一米阳光恰好温柔了她。

她喜欢走在这个世界的任何一个角落，只因那里太小，太窄，小得装不下悲痛，窄得容不下嫉妒。只因那个宽度刚刚好。

她说，喜欢旅行，不是它有故事，也不是我要寻故事。因为旅行，我苍白的人生才有了一点繁华，所以也就有了属于我的故事。

她不愿青春在用力地浪费后，再用力地后悔。所以，她要去旅行，以旅行的方式来弥补一切过去的轻狂。但旅行，只是借口。除了旅行，她别无他法。听说读书不错，但她不愿困在一本书中想象着外面的世界。她说，她就像是一只鸭子，妄想变成一只青鸟。但命运不能屈就，所以，她只能找个借口离开这里，去经历一切她生活以外的喜怒哀乐。即便鸭子还是变不了青鸟，但至少她知道了云端之上的那个世界并非遥远，而且平凡。

她又去旅行了。

去了云南。

羡煞旁人，一个背包，一台单反，她又离开了这里。

别人总问她的过去，她的故事，而她总是充耳不闻。她喜欢安静，喜欢在陌生的地方闹中取静。没有谁会过问她，关注她，她也不要谁来关心她，体贴她，她只要安静就好。

安静真的挺好。不争不抢，哪怕失去，也是淡然一笑。人世间，所有的故事仅此一次，所以一悲一喜，都控制得恰好温柔。

↗ 每个寂寞的游客都渴望有段故事来温暖自己,哪怕只是一会儿。

↘ 旅行当真是一个借口,否则又岂能如此心安理得地全身心投入风景里呢?

走在喧嚣的纷扰里，依旧安然一笑。不管别人怎么评价，哪怕是矫情，是作，是装，我都不管。反正你好，我也不差。

我只做自己最喜欢的自己。

所以，有时候，看她任性，有时候，她又清高，还有些时候，可爱得有些神经质。

她说，她很累，不是肩上的压力，而是脸上戴着的面具实在太沉重。所以，旅行对她而言，只是一个借口。时间长了，成了良药，也变成了一剂毒药。可她不管，人生既是一张华丽的袍子，免不了爬满虱子。若要继续，只能受尽委屈。一帆风顺，一步登天，又岂是鸭子能够飞上云端的？说走就走，说爱就爱，又岂是一只鸭子能跟天鹅一般风流倜傥？而她，唯一能做的，就是去旅行。

去寻找包容她一切的阳光。

去寻找这个世界里，被藏住的另一个优秀的自己。

哪怕最后，袍子旧了，虱子更多了，但身体里包裹着的灵魂就更华丽了。她不求名利，不是因为她淡泊名利，只是她太平凡，平凡得根本没有这份能力。而唯一能做到的，使自己看起来不那么一般的，就只有去旅行。她这是虚荣，毫不掩藏，否则又岂会放下一切只为去旅行？

可旅行，又岂是外人眼中，那份自由的幸福和潇洒？

旅行，当真不过是一个华丽丽的借口罢了。

若是生活不那么喧嚣纷扰，谁又会那么渴望说走就走？若一切安逸如暖阳，旅行又如何说走就走？没有这借口，便没有向往和期待；没有这借口，便没有人世间所有的相遇和重逢；没有这借口，便没有故事和回忆。即便这一切，生活都将拥有，可岁月给你的，却未必是你想要的。

所以，她找了个借口，在人前，华丽地远去。

有人说，她这是生活不如意。有人说，她这是受伤了。也有人说，她任性。更甚有人认为，她去旅行，只是为了炫耀，因为虚荣。是的，她虚荣，她从不隐瞒。她曾傲娇地说："旅行，只是一个借口。我去旅行，只是为了找回另一个走失的自己，只是想摘下脸上这沉重的面具，只是要丰富这萧条又苍白的人生。所以，我才要去旅行，因为，只有去旅行，我才能实现这一切。所以，我不甘平凡。如果你说，之前所有的铺就都只是矫情，那么，你就当我虚荣好了。"

她喜欢阳光，喜欢那一份恰到好处的温柔。这个世界上，除了爱，就只剩下阳光最温暖了。所以，她总是虚荣，只是为了去晒个太阳。陌生的旅地，那阳光甚是温柔，温柔得竟使陌生人之间都变得那么坦诚、善良，像是朋友，更甚亲属。她相信，有阳光的地方，就会有爱。至于那些坏家伙，都是躲藏在阴暗里的。

不必把他们一一揪出来批评一顿或批判，不必对他们生恨或是讨厌。年轻人不必斤斤计较，事事讨个说法，吃点亏受点委屈这都没什么。只有抵得住煎熬，挨得住伤痛，才能守得住那日后的繁华。才不会辜负阳光、辜负爱。

别人不相信你，你不必拼命证明，别人怀疑你，你不必努力解释，只要是对的，只要阳光还在，你不必计较。别人讨厌你，你不必处处讨好，别人不喜欢你了，你不必事事问责，只要你没错，只要阳光还在，你不必委屈。

所以，她才会去陌生的地方晒太阳，才会将自己一切的好、一切的坏，暴露在阳光下。所以，她才找了这个借口，为躲避人群的阴暗，寻找他处的温暖。

云南的太阳，真是温暖。从洱海到双廊，大理到丽江，从拉市海到泸沽湖，这阳光，真是温柔得可以犯错。不论是安静的角落，还是喧嚣人群，那份温柔，仿佛将所有的阴暗都变得明亮。

人与人之间没有愤怒，没有猜疑，没有提防，没有戒备，所有的人都在这温柔的时光里懒散地等着故事、写着故事、记录着故事。没有谁在伤害着谁，没有谁在欺骗着谁，没有谁在背叛着谁，所有的人都回到了纯真年代。这仿佛是一面镜子，生活里的自己，旅途中的自己，这完全是两个不同的人。尔虞我诈的紧张气氛，就像是一场噩梦，突然醒来，如释负重。

所以，旅行只是一个借口，逃离才是真正的目的。

只怪，远方的阳光太温柔。

温柔地融化了面具，柔化了人心，融化了云端之下的整个世界。

大理不是躲避生活的地方

"假如生活不尽意,不如一路向西去大理。"

这是在丽江的一位客栈老板说的话。我有些意外,大理难道是生活的避难所?

飞机一落到昆明机场,就匆匆到火车站买了一张卧铺票赶去大理。车厢里,遇到了一个说话温柔,且长得恬静的女人,年纪比我大许多。我与她换了床铺。她这次的旅行地是在丽江，她说要去疗伤。

难道她感情上出了问题？

是的。她感情出了问题，但无关风月。

"我养的一只狗死了，我很难过，就想来丽江散散心。"

她很善良，也很多愁，这一点，我们很相像。

"可是在火车站的时候，我手机掉了，估计是被偷了。里头存了许多狗狗的照片。"她说着，突然有些哽咽。

火车到大理的时候，已经是早上五点左右。她还在梦中，我轻声起床，背起包离开了。天还没亮，温度有些低，拉客的司机蜂拥而上。转过身，心想着，估计月台上已经空无一人，火车已经走了。那个悲伤的女人离丽江不远了。

假如生活不尽意，不应该是去丽江吗？至少比起大理，丽江梦幻的夜色让人分不清虚实，这让人更容易忘却生活，更容易释放内心压抑的轻狂与妄想。而大理，它就是一个文静的地方，不应是逃离生活的避难所。苍山雪，洱海月，还有海地生活的双廊，哪一个不是如诗如画？当真生活不尽意，来了大理，一切就如意了？或许，这或许是唯一能安慰人们的最好方法了。也当真是找了一个借口，离开不尽意的生活状态，逃往一个不被生活所纷扰的地方，那即是大理。

如我说，她就该随我一起下车，不该一人独往丽江。倘若，这里真的能躲藏生活，那么她的这份悲伤就更容易被融化了。只是，她要去丽江。兴许，这有着她的想法。

大理的天气很好，天空很蓝，飘着白云，前不久柴静的穹顶之下的纪录片还传得疯狂。如今，这云南的苍天之下可谓一片净透。古城里的樱花开得盛，搭配着蓝天，着实好看。好多年轻的姑娘都戴着一顶花环，穿着漂亮的衣服，还有的穿着古城铺子里卖的一些民族风服装，在这蓝天的樱花树下走着、笑着，真是步步生莲，好看极了。

她们这是生活不尽意吗？

在古城，我待的时间不长。大多时候都留给了苍山洱海，以及双廊，和整个大理。但我想把整个心思只留给大理，因为我无法只偏袒于苍山雪，或洱海月，或双廊。大理，我是第一次来。我没有生活不尽意。只是想来，便就来了。

早上五点到大理，我找了个客栈先休息了一会儿。然后，去了洱海。在没有出发来大理的时候，我先从网上查了一些资料，查得最多的就是洱海的图片。有一张，深入我心。

一米阳光温柔地洒落下来，湖面上泛起点点晶莹的小光圈。一个披着长发的少女坐在一个白色的高凳子上，背靠着一张白色的长桌，长桌上还摆放着一个罐子，罐子里插了一朵红色的花。

↗ 其实我最初并没有想像中那么热爱旅行，只不过是找了个美丽的借口，逃避生活。但久而久之，旅行竟成了生活的一部分，于是我也就真的爱上了旅行。

↘ 在双廊的最后一个上午，我们来到洱海湖畔，一只小船正停在岸边，几棵油菜花就长在旁边。

背对着的少女脸朝着洱海，她的表情我看不到，但见她高高地举起胳膊，那纤细的左手摆出一个V字形。我想，她应该笑得很开心，而且很阳光。

就是为了这张图，来到大理后，第一件事就先奔去洱海。

我要找到这个地方。

但我不知道，我找到之后要做什么。也没想过。

问着路人，我终于找到洱海。但我并没有看见那张白色的凳子，还有长桌子，以及那一米阳光。可我没有放弃，我准备坐船"出海"，我想那个地方一定是在某一个岛屿上。花了一百二十块钱买了一张船票，不是为了逃难，不是为了让谁跟我走，也不是为了去追谁。只是单纯想找到那一张白色的凳子和长桌。

在船上待了近四十分钟，船靠了一个码头。师傅说，这是金梭岛，很多年轻人都喜欢来这里。我以为，这里就是我要找的地方。

但不是。师傅应该是说谎了。师傅只允许大家在岛上逗留一个小时。下了船，我没有跟导游走，只是寻着阳光，自己随便走了走。岛上很安静，风吹得很柔和。这是一个并未被完全开发的岛屿，人们的生活比较传统，质朴，这份闲适和双廊一模一样。但在我心里，还是双廊好。

离开金梭岛后，就去了大理古城。印象深刻的便是樱花盛开时,姑娘好美。在古城,还有许多开着小白花的树,我不知道那是什么花,但很漂亮,仿佛比艳俏的樱花更能吸引我。

我又想起去丽江的那个女人了。

这个时候,她应该是在古城里闲逛了。

不知道她是不是跟我一样,正在一棵樱花树下呢?

我多么希望,她当初的决定是选择大理。尽管空气一样稀薄,天空一样碧蓝,但风景迥然不同。多么希望,她此时,是坐在我找到的那张白色的高凳子上,背靠着一张白色的长桌,边上摆着一个插着小花的罐子。洱海的风轻轻的吹乱着她的发梢,她的发梢缭乱在她悲伤的脸上温柔地飞舞着。一米阳光,温度恰好,她若一开始,去的不是丽江,而是大理,我想她的悲伤兴许会有好一点儿。

丽江,始终是个适合艳遇的地方。

对她的悲伤,没有好处。

也许,大理也难以治疗吧。

谁说生活不尽意,就一定要一路向西去大理呢?仅仅一部电影?一句台词?就真的去了?去了就真的一切如意了?

算了吧。还是喝一杯小粒咖啡,吃一块鲜花饼安慰安慰自己吧。还是买一条长裙子,戴一顶漂亮的花环美美自己吧。生活不如意,终究会过去。不必找个借口,找个地方,像个狼狈的逃兵躲躲藏藏。

　　逃，是逃不了的。去了大理，也不会好起来的。大理，终究不是躲藏生活的地方，它跟我们一样，也在生活，只是方式不同罢了。我们不必要去找一段新的故事来忘却已发生的故事，也不必要发生一段新的故事去结束另一段往事。生活，终究是不会输给我们的。而我们也并非弱者，只是面对生活，我们往往表现得像个弱者，于是我们想要逃跑。

只因温柔,才来丽江

丹丹说,她想要去丽江。

此次云南之旅的另一个伙伴,她叫丹丹,跟我同名。

我没想到我还会来到丽江。这里是我第一次进藏的第一站。我认识了一些朋友,那段时光可谓难忘,泪水和欢笑,也有离别时候的悲伤和约定。时光荏苒,我仿佛回到了两年前,一个人刚

丽江古城全景

来的时候。

我很喜欢丽江,这跟阳光有关,所谓"艳遇"早已被过滤掉了。

在双廊的海地生活享受风和时光,一杯柠檬汁,一瓶啤酒,坐在白色的高凳子上,看着眼前波光粼粼的洱海,什么事情都不用做、不用想,托着腮,一会儿吸着柠檬汁,一会儿喝一口啤酒,这感觉真好。阳光洒落在发梢和肌肤上,顿时像是闯入了一个美好的梦境里。不需要任何人来打扰,没有外界一切的纷扰,只留我一个人,独自偷欢。

但比起大理双廊,我更喜欢在丽江找一间院子,院子有一个可摇晃的椅子,椅子边上种着一棵枝蔓攀爬到屋檐上的三角梅,阳光从早晨初升的时候,就一直洒落在院子的椅子上,我就靠在那里,闭着眼睛,摇晃着椅子,尤其是下午五点后的阳光,更觉得温柔。

第一次来的时候,就是在那样的一个院子里。院子里的三角梅开得好盛,几乎快遮住了整个院子的上空。院子还有一个浅蓝白纹的遮阳伞,很大,就在三角梅边上。伞下有两张很窄、很长,但能躺下一个人的"床"。刚到院子里的时候,就看见两个姑娘,露着白腿戴着太阳镜躺在那里。第一眼,我便喜欢上了这里。

丽江,三角梅,阳光,院子。

我试图再找到这样的院子,记忆中它是坐落在一个曲折的小巷子里,但方向模糊,我只能遗憾放弃。这就像是来寻找一段旧日的感情,明明还有些琐碎的片段,但怎么也无法拼凑起来,只能一声轻叹,然后转身走开。

我在丽江真有一段往事,那是一种模糊的情感。

无关艳遇。

之所以我忘不了那个院子,正是曾经有一个男孩领着我找去了那个院子。他在那里住了几天,跟客栈的老板很熟。我的到来,客栈老板还以为我是他的女朋友,因为他说,我要在丽江多待几天,要等一个女孩子。是的,他要等的这个女孩就是我。但无关风月,我们只是约好一起去西藏。

他是一个摄影师,人像方面十分了得。旅途中,他教了我不少,那段日子里,两人之间的关系十分微妙。但我深知,路上最美好的感觉就是不要戳穿那自以为是的爱情。所以,我们都在享受这种感觉,不戳破,模模糊糊,有些喜欢,但会克制。

我对他最美好的回忆一直停留在那个院子里。

路上,他为我系过许多次鞋带,在丽江的院子里,那是第一次,所以我记得比较清楚。

他说,我这是第一次给一个女孩子系鞋带。

当然,我没有相信。只当是个美好的过程。等以后想起来的时候,还能笑一笑。

丽江的阳光仿佛从天亮开始,就一直洒落在院子里,直到下午七点的时候,它才会怯怯退去。但五点之后,便一直很温柔,温柔得教我忘却一切不愉快的,只记住那些美好的。我仍是靠在一个摇晃的椅子上,闭着眼睛,在花下,静静地享受着这温暖的时光。尽管,此时的院子不再是过去的那个院子,尽管,此时的我也不再是过去的那个我,但这份美好却始终都在。这跟院子有

↙ 我的心事就像这簇簇三角梅，在阳光下，散发着淡淡清香。

关，跟三角梅也有关系，但脱离不了这整日的阳光。

或许，这跟那个男孩也有关系吧。

后来的故事，我就不知道了。可能他又遇上了哪个美丽的姑娘，然后一起旅行，然后结婚，然后过着他想要的生活。

至于我，我也很幸福。遇到了他，然后一起旅行，计划结婚，过着我们彼此都想要的生活。

有时候，命运都挺眷顾我们的，至少我们都有了各自的幸福。不管这份幸福是阳光，是三角梅，是蓝天，是白云，是摇晃的椅子，还是相遇的故事。

很多朋友说，也有很多书上提到过，甚至电影都拍了出来。

——丽江，是个适合艳遇的地方。

有人在发生故事，有人在等故事，也有人去找别人的故事。

这些故事，都跟艳遇有关。

我一直不觉得这跟艳遇有什么关系？上床？一夜情？酒醉之后的迷乱、荷尔蒙的碰撞、天亮之后说再见、后会无期。这是艳遇吗？如果是，哪里都有艳遇。为何单单只是丽江，显得尤其"艳遇"呢？我倒觉得许多故事，是极其单纯的美好。每个人之间的相遇和碰撞，都是一次美好的邂逅，这无关艳遇，哪怕是一次轻描淡写的无关风月，也是像这五点后的阳光一般，极其温柔。

像是院子，总会有两个不相识的陌生人一起走进，然后再各自离开。像是生活，总会有两个不相识的陌生人走到一起，然后共同开启另一段人生。

这就是我为什么那么喜欢丽江的原因。而它的阳光，在洒落院子的那一刻，有人走了进来，有人刚好离开，擦肩而过，匆匆一眼，这就是旅途。不必期待某个人和某个故事，既然来了，岁月总会给你想要的东西。而丽江，五点后的阳光，温度刚刚好。

黑老板与女房客的故事

 //

对我而言，它是个故事。

对她而言，这估计会是个秘密。

当然了，相对于他，人生如戏，不过又是习惯性地彩排了一次。

但最可怜的怕就是另一个人了。

下午的时候,客栈里的人不多。我依旧贪婪地靠在摇晃的椅子上晒着太阳。客栈的白老板在前台坐着,黑老板不知道上哪去了。

在丽江,我入住的这家客栈是两个男人合开的,一个肤色白,稍胖,一个肤色黑,较瘦,由于不清楚他们的姓氏,我就以"白老板"和"黑老板"来区分了。

这个寂静的下午,阳光正好,风暖暖地吹着,三月份的早春在丽江仿佛快到了夏天。就在这个时候,黑老板回来了,我熟悉他说话的声音,比较好听,还很会哄女孩子。

那晚,黑老板喝了一瓶风花雪月,然后拿出手机,索要我的微信号。我拒绝了,他三番两次,我索性起身走开。

第三天下午,黑老板领着一个漂亮的女孩和一个白净的男孩回来了。男孩拖着一个很大的行李箱,背着一个单反,看着行李箱上的托运条子,估计他们是刚下飞机不久,就被黑老板"忽悠"来了。

"你们要住两晚是吗?"白老板问,准备给他们安排房间。

"是的。"女孩的声音很轻柔,就像吹在我脸上的暖风一样。

"要几间房间?"

"两间。"突然说话的,是那个白净的男孩。

"现在有两间空房,一间是二楼,一间是一楼,你们介意吗?"白老板又问。

"没关系的。我住一楼,他住二楼。"女孩拿过房间钥匙,就朝院子里走来。她戴着一顶大帽子,帽檐下是一张白皙的脸,有些方,但一袭及腰长发使她看起来依旧十分漂亮。随后男孩拖着行李箱跟了过来,女孩将二楼的钥匙递给他后,便自己先进了一楼的房间。

她的房间就在我的隔壁,两间房的格局几乎一模一样。

我依旧在摇晃的靠椅上晒着太阳,听着歌,那是丽江有名的一首歌,叫作《一瞬间》。

之后,男孩从二楼下来了,直接去了女孩的房间里,然后两人一起出来,背着相机,估计是准备出去溜达溜达了。

"记得六点钟的时候回来吃饭啊。"黑老板对他们说。

"还有饭吃?"女孩惊诧。

"是啊,住这里的都是朋友,晚上一起吃饭这没什么的。今天我下厨。"黑老板笑着说,他的眼睛一直盯着女孩的脖子,像吸血鬼一样。

"好的。"她说着,就挽着男孩的胳膊离开了客栈。

就在这个时候,丹丹从房间里出来了,她刚洗完头。"好像又有新客人来了?"她问。

"嗯,一男一女。"

"小情侣?"

"不清楚。女的住楼下,男的楼上,估计不是。"

"我们晚上还在客栈吃饭吗?"

"不了。黑老板晚上有约会,我们前天惹了他不高兴,还是别去了。"我说着,下午五点多的时候,我和丹丹出了客栈。那个时候,女孩和男孩刚好回来了,女孩手里还拿着一瓶红酒,她好像很高兴。

"晚上我们要不要也买一瓶?"丹丹问我。

我瞪了她一眼,说:"你来大姨妈了,还喝红酒?之前都连续喝了两晚了。"丹丹笑了笑,搂着我的胳膊嘻嘻哈哈地拉着我朝古城深处走去。她是一个爱笑的女孩儿,笑点特别低,所以幸福指数尤其高。我们彼此欣赏。

七八点的时候,太阳落山了。我们准备回去客栈,刚到门口就看见黑老板跟那个女孩正喝得正起劲,坐在女孩旁边的男孩子黑着一张脸,干坐着,没有喝酒,只是时不时地看女孩一眼。桌子上的菜吃得都差不多了,这时候,白老板端着一盘菜汤走了过来,看到我们客气地问了一句:"你们回来了?要不要喝点汤?这是苦菜汤,清火润喉的,丽江空气干燥,一起来喝吧。"

"不用了,谢谢你啊。"我说着,拉着丹丹朝房间走去。

"他们真能喝啊,开了那么多啤酒。"回到房间后,丹丹一边换拖鞋一边说:"那个女孩子好像快发酒疯了。"

"你说,很多女孩子来到丽江,到底是放松呢还是放肆呢?"

"找艳遇。"丹丹说着,我笑了笑。就在这时候,院子里突然有了动静。女孩子醉呼呼地嚷着自己没喝醉。"我送你回房间。"这是男孩的声音。"我没醉,不要你送,我自己能回房间。"女孩好像很不高兴,坚决不让男孩送。顿时,我的好奇心像猫抓似的,轻声走到门边,开了个逢,偷偷望去。男孩几次想要拉住女孩的手往房间里去,但女孩几次甩开了他的手,并且指着他说:"你只是来陪我到丽江玩的,别过了界线。"男孩一愣,有些尴尬,说道:"那我看着你回房间,这可以吗?不让你买酒你偏偏买酒,不会喝酒就不要喝酒啊。""我高兴呢。"女孩不屑地说着,踩着不稳的步伐,扭扭歪歪地走进了房间,拉开灯,然后随手甩门,咣当一声响。男孩在院子站着一动不动,他看着那暗角处的房间好一会儿,才默默走上二楼。

"你在看什么呢?"丹丹拉着我的衣服问。

"今晚会有故事发生。"转身,我掩上门,说。

"什么故事?刚刚那两个人?"

"不知道呢。"

"那你说有故事?"

"我猜的。"

晚上九点，我们都洗漱好了，准备上床看电视，只听院子里又有了动静。不，仔细听，是有人敲隔壁房间的门。声音很轻，很小，但院子里是一片寂静，这使得敲门的声音尤其刺耳。"开门，是我。"就在这时，外面传来了一个男人的声音，很轻，很小，但比敲门的声音还要刺耳。接着，房间的门咯吱一声开了，又是一阵刺耳。

第二天上午，十点左右。

我吹干头发从房间里走出来，丹丹正在院子里晒着太阳。

"过来，跟你说个事情。"突然，丹丹朝我招手，一副很神秘的样子。

"什么事情？"我走过去，坐了下来。

"刚刚我看到客栈老板跟一个女孩子从我们隔壁房间走了出来，一前一后，客栈老板看到我，还笑了笑。"

"是皮肤黑的老板吗？"

"对。"

"你确定看见他们从同一个房间里走出来？"

"对啊。那个女孩还对我打招呼呢，我没理她。"丹丹笑着玩手机。

我看了看那个女孩，今天的她穿了一条落地碎花长裙，一双露指头的凉鞋，披露着长发，看起来真是漂亮，很纯净。她对着

↗ 黑老板与女房客的故事就发生在这个古城的某一个角落里。

↘ 走得太慢，怕错过前面的风景，走得太快，怕错过眼前的风景。
　人生走走停停，在矛盾和取舍中成长，完善自我。

男孩的窗口喊:"你起来了啊?这边风景好漂亮,待会儿我们一起过去好不好?"

"好的,你等我一下。"

接着男孩下楼了。穿着白色衬衫,白色裤子,一双球鞋,还挎着一个单反相机。女孩也下了楼梯,拉着男孩离开了客栈。

"他们昨晚肯定睡一起了。"丹丹小声地说。我没出声,可能黑老板以为每一个来丽江的女孩都是找放肆的吧。

荷尔蒙决定一见钟情,多巴胺决定天长地久,肾上腺决定出不出手,自尊心决定谁先开口,最后寿命和现实决定谁先离开谁先走。黑老板和女房客之间的一夜,我们只当是个故事来调侃,但我最想知道的,是那个男孩的相陪是缘于什么。

《我与甲乙丙丁》

　//

人世间，最奇妙的应该就是人与人之间的情感和缘分。

我怎么也不会想到在丽江竟然还能碰到他。

这故事像极了一部电影，做梦都没想到，常常写别人故事的我今天竟然成了自己故事中的主角。

2012年4月，我飞到长沙，准备去凤凰古城。阿波罗广场，甲先生和他的哥哥在等车，他们也要去凤凰古城。我们坐了同一辆大巴车，六个小时抵达凤凰古城路口。天下着小雨，早春的气候像是初生的婴儿。

"我们一起吧。"突然，甲先生撑着伞跑了过来。

"好的。"我没有拒绝。在车上的时候，他坐在我的后排。当时，我报的散团，只是随车到达凤凰古城，然后就跟旅游团毫无瓜葛。甲先生拿着一张单子走到我跟前，问道："你只是坐这趟车到凤凰古城吗？"

"是的。"

车上，这是甲先生第一次跟我说话，准确地说他这是搭讪。所以下车抵达古城之后，他就顺理成章地跟我一起了。那几天，我们三个在凤凰玩得很开心，我拍风景，他拍我。后来我决定要去张家界。甲先生和他哥哥准备返回长沙，他说，下一站要去丽江。

那天早上，凤凰花开的路口，我准备坐去往张家界的大巴车时，收到一条短信，是甲先生发来的，他说："如果还有机会，你拍风景，我拍你。"当时，我一愣，这甲先生该不是对我有意思吧？删除短信，我朝大巴车走去，遇到了乙先生。乙先生是一个在校大学生，四川绵阳人，就读于天津，别问我怎么这么清楚，自然是在张家界的那几天日子里，陪在我身边一直是乙先生。乙先生长得很白净，戴着一副眼镜，高高瘦瘦的，是我喜欢的类型。他提着行李箱半天没有提到车上去。我在他身后，竟一只手提过他的箱子，就这么上了车。乙先生很诧异地看着我，我显得很镇定，但其实很尴尬。

"谢谢你啊。"上了车，找到座位后，乙先生对我说，他也坐在我的后排。

"你是去张家界吗？"他问我。

"是啊。"

"我也是呢。你一个人吧？"

"是的。"

"我也是呢。要不一起吧，路上可以互相照应。"

车到张家界的某一个停靠站突然停了下来，司机说去张家界风景区的人在这里可以换乘直达公交车。于是，我和乙先生都下车了。这个时候，一个穿着笔挺西装的男人朝我们走了过来，对乙先生说："你是小乙吧？你好，我是安排来接你的。"

"你是 X 叔叔？对了，X 叔叔，这是我同学，我们一起的。"乙先生突然指着我说。我惊愕地看着他，这话是什么意思呢？

"来，来，行李都给我说。"说着，这位 X 司机提过行李箱，还将我背着的背包也拿了下来，然后我就跟这乙先生和 X 司机走了。这是我出门在外，第一次被陌生人认作同学，坐陌生人的车，然后开始了一段五星级待遇的张家界之旅。

我和乙先生被安排在张家界风景区不远处的一个星级酒店里。当时下车，就只见酒店经理站在门口微笑的迎接着我们。我们房间被安排在二楼，两人的房间也是挨着的，早中晚想吃什么随便点，酒店大厨会准备。去张家界的路上也是专车接送，免门票不提，进景区后坐百龙天梯都是特殊对待，无需排队。当时，见那帮摆成长龙一般的游客傻眼地看着我们的时候，我第一次感受到了特殊待遇的优越感。看来乙先生的背景很不简单。

不过乙先生是一个细心体贴的男孩子。徒步金鞭溪的时候，我的脚突然觉得不舒服，有些疼，这跟鞋子可能有关系。在凤凰古城的时候我买了一双好看的木屐鞋带上了，而在张家界那几天我一直都是穿这木屐鞋的。乙先生脱下他的鞋子换给我，然后穿上我的木屐鞋，直到回到酒店，我们才换回鞋子。晚上洗过澡之后，他敲了敲我的房门，给我递来一张创口贴。

"刚刚跑到景区附近的一个小卖铺买到的。"

"谢谢你啊。"顿时，我心里小鹿乱撞，难道这就是心动？当然乙先生的暖男之举不仅仅是在这里。在张家界的最后一天，我们爬山了。当时天气不大好，穿着裙子和木屐鞋的我感到有些冷，但我没有吱声。乙先生竟然将他的红色格子衫脱下给我了，说道："没见过哪个女孩子穿拖鞋和裙子登山的。""三生有幸，今天你见到了。"说着,我穿上了他的格子衫。

后来,我一直都喜欢穿格子衫,不知道跟这个有没有关系呢。

走的那一天,乙先生送我到机场,格子衫仍穿在身上,他说,送给我了。

"好,再见,有机会还给你。"我说着,穿着他的格子衫过了安检。

好像一切的发生都是这么的不经意。

转眼2013年6月5日,我飞到丽江,与丙先生会合,我们约好一起结伴去西藏。当时很长时间没有联系的甲先生突然联系到我,他劝我不要去西藏,太危险。

"可我一定要去。"

"你在丽江等我,我去找你。"

"这是我的梦想,我一定要去。"

当时就觉得奇怪,为何甲先生会阻拦我去西藏?当然,后来他有没有去丽江我不知道,因为我和丙先生已经出发了。本来是我们两个的旅行,一下子将队伍扩大到了九个人,丙先生说我就跟"拉皮条"似的。当时,我还不知道这"拉皮条"是什么意思?在九个人的队伍中,还有一个来自江西的丁先生,丁先生是个可爱的胖小伙,喜欢开玩笑。一路上的故事,一路上的欢声笑语无法言尽。只是天下哪有不散的宴席，到达拉萨，我们就分开了，各自接下来的旅行。

我准备去成都，在成都待几天。

买了两张火车票，一张是拉萨到兰州，另一张是兰州到成都。丁先生和他的朋友眼镜哥也买了拉萨到兰州的火车票，刚好我们是同一趟火车。

走的那一天，丙先生没有来送我们，他去了哪里我不知道。

到达兰州的时候，我们三人留宿了一夜，因为彼此的火车票都是第二天的行程。我们三个住在同一个旅馆，同一个房间，有三张床。在这往拉萨路上的时候，我们原本九个人都是这样拼凑睡着的。因此，在兰州这一夜，并不稀奇意外。第二天天亮，我醒来的时候，丁先生和眼镜哥已经走了。但丁先生给我留了一张纸条，纸条上是这么写的：

"其实，我很喜欢你，希望我们约定好的第二年西藏之旅，大家都能集合到一起。"

放下纸条，我也出发了。

但第二年我真又去西藏了，只是与丁先生的纸条无关。九个人中只有我一个来到了布达拉宫广场。

抵达成都后，我住在了宽窄巷子里的龙堂客栈。

但没想到的是，会在客栈里遇到甲先生。

"我知道你从拉萨回到了成都,我也就买张机票来到了成都。看你微博上发住宿的信息,猜你是住进这里了,所以就找来了。"甲先生说这话的时候,我的心情很复杂,我完全不能理解他为什么要这么做。但那几天,我们在成都又结伴旅行了。他送给我一个银镯子,我收下了。理由很简单,甲先生是一个不婚主义者,他的右手小指上一直戴着一枚戒指。他来到的第二天,我们在宽窄巷子里随便走着逛着的时候,突然他摘下他右小指的戒指递给我,说道:"我想把这个交给你。"我愣了好几秒,他的意思是个正常人都明白,但我只能装作不懂。

"我不喜欢戒指,而且更不喜欢别人戴过的戒指。"

"好啊。"他尴尬地笑着,又戴上了戒指,然后买了一个银手镯给我。

那天晚上回到客栈,他突然来到我的房间,当时我在整理衣物,准备洗澡。"你有什么事吗?"我被吓了一跳。他没出声,突然亮出他的右手给我看,我看了半天也没看出什么名堂来。

"戒指,我把戒指扔到鱼池里了。"说着,他拉着我来到了外面,指着一楼的一个大鱼池说:"刚刚我把戒指给扔下去了。"

"为什么啊?你为什么要扔啊?"我很诧异,但并不生气。

"你可知道这戒指比银手镯贵好几倍,你为什么要银手镯,不要戒指呢?"他很生气,说完这话就转身朝他自己房间走去了,把我一人凉在二楼的长廊上。我发愣了好久,我并不想去伤害谁,尤其在是路上。

当晚,我突然收到了一条短信,是丙先生发来的。

"我在成都,你现在在什么地方?我一路跟着你来的,但没敢告诉你。"

顿时,我一惊。我是被这两人跟踪了吗?

这到底是福还是祸?是美梦还是噩梦?我竟然害怕起来。

最终,丙先生没有找到我,他决定一个人自由行。

我和甲先生在成都待了几天后,我要返程回家了。他送我到机场,并且告诉了我一个秘密。

"当初你一个人去张家界之后的第二天,我和哥哥也去了。我们并没有返回长沙,而我也没有去丽江。我一直相信缘分,但又不敢相信缘分来得这么突然。所以,我跟我哥说,我要去张家界找这个女孩,如果再次不期而遇,那么这一定是缘分。我和哥在张家界风景区门口的一个酒店住了三天,我每天在房间的窗前看着,看着你会不会从景区门口进去,或是出来。但这三天没有任何结果,我哥说我是个傻子,我也觉得。最后一天,准备办理退房的时候,我又去了窗口,天呐,我简直不敢相信,我竟然看到你了,看到你从景区里出来,还穿着裙子,是你在凤凰古城买的裙子……"

> 遇到的人成千上万,但与我相伴永远的人只需要那么一个。所以,我们相遇,是多么地不容易。

听完他的这个秘密,我的脑海一片空白。总觉得时间不对,场合不对,可能连眼前这个人也不对吧。

登上飞机,我回家了。

8、9月的时候,我去了一趟北京,参加一个活动。

收拾的行李箱里放着一件红色格子衫。是的,顺便从北京再去一趟天津,将这衣服还给乙先生。在天津我带回了一套"春夏秋冬"的大盘子,共四个。可作装饰品也可以盛菜。这是我从天津带回的唯一的一份纪念品,别无其他。

不过说实话,去北京是一个偶然,但去天津是安排好的。但对乙先生,我只想放在凤凰花开的路口,刚刚认识的时候。

2014 年,事隔一年多。

2015 年 3 月,我和丹丹来到云南,从大理到丽江。

这趟旅行,没有任何安排,随心随性,走到哪儿算是哪儿。但我做梦都不会想到,在丽江我竟然又碰到了甲先生。甲先生十分诧异,估计他也没想到,而且依旧是在同一间客栈。

他看到我,哭笑不得,愣了很久,提着行李箱上了二楼。

他还是喜欢住在二楼。

晚上,他请我和丹丹吃了一顿饭。

后来,我把和他之间的这一点故事告诉了丹丹,丹丹很意外,她不相信这个世界上有这么多的巧合和相遇,其实我也不敢相信的。

"你看,他的右小指戴了一枚戒指。"

第二天,他随我们一道出发去泸沽湖。在等车的时候,丹丹突然指着走在前面的他,跟我说。我笑了笑,没有出声,看来他是坚定的不婚主义。但我没告诉他,我的左手腕上却一直戴着他当初送的银手镯呢。只是无关风月,后来,他知道了,也明白。

从泸沽湖再回到丽江的时候,我和丹丹已经买好了返回南京的机票。甲先生仍留在丽江,走的那一天中午是我们在丽江吃的最后一顿饭,但甲先生没有出席。

  后来他怎么样了,我不知道。毕竟人生没有那么多的不期而遇,不是所有的相遇都会有一个满意的结果。有些事情,还是不要戳破的好,那会毁了最初的美好。

  所以,我祝福他,也祝福自己。

【后记】

旅行会让你懂得女孩的美丽不仅仅在于外表；旅行会拓宽你原本狭隘的视野；旅行会让你明白很多廉价甚至是免费的东西都是奢侈的，比如阳光，蓝天，空气，日常的饭菜，还有父母的爱。

改变,从独自旅行开始

女孩,你需要一次单独的旅行。

去呼吸一下外面的空气,去看一看外面的风景,去听一听外面的故事,去找一找那个真正的自己。

旅行会让你懂得女孩的美丽不仅仅在于外表;旅行会拓宽你原本狭隘的视野;旅行会让你明白很多廉价甚至是免费的东西都是奢侈的,比如阳光,蓝天,空气,日常的饭菜,还有父母的爱;旅行会让你看清身边的人和事。

旅行,还能让你的人生充满故事。

你不再需要到夜场、KTV、酒吧寻找存在感;你不再因为一部偶像剧、一本言情小说就哭得稀里哗啦;你更不会因为一个人而失去了自我、被左右了心情。

旅行,的确美好得让人欲罢不能。

对于当下很多年轻人来说,旅行是一种时尚,恨不得为此辞职,甚至花光所有积蓄。不得不承认,旅行会上瘾,少有人能抵制它的诱惑。

但我必须得告诉你,真正的旅行不是说走就走的任性、不顾一切的潇洒。

它需要时间、勇气、责任和坚持。

更需要明确的目标、规划和预算。

不要被那花花世界中的旅行美文或各种旅行书籍所迷惑。一次中长途的旅行可能会花费半年以上的工资。对于许多收入平平的年轻人而言,这并不现实,也未免太过奢侈。

其实,我们不必去太远的地方,无须盲目跟随某一本书或某一个作者的指引,去某个毫无概念的远方。盲目,是旅途中的大忌,会使得我们失去清醒的认知,把自己置于危险而尴尬的境地。

对一个从未单独旅行过的女孩来说,放弃太遥远的地方吧,你可以先去附近的城市。旅行的目的不在于距离的长短,重要的是增长见识,在磨砺中成长,发现自己的弱点,也让被隐藏的优秀品质闪闪发亮。

如果这一切你都准备好了,那么,丢掉行李箱、化妆品、高跟鞋、华丽丽的裙子,换上便装、球鞋、背包,就此出发吧。

不踏出第一步,你永远都不会知道前方的风景有多美丽;不走出去,你会以为你看到的就是整个世界。

　　走出朋友圈,走出父母的呵护,不必再伪装,不必再强颜欢笑,带着真实的自己,去看看这个真实的世界。不要再幻想,不要再自以为是,生活没你想的那么悲观,世界也没你以为的那么大。

　　当你再回来的时候,你一定不再是那个随随便便就会哭鼻子的小女生,也不再整日沉迷在自我幻想的空间里,更不会因为失去一个人或一段感情而肝肠寸断、死去活来。你会长大,会成熟,会坚强,会明白一个真正美丽的女人是因为她活得漂亮。你会感恩、会珍惜、会包容、会懂得生活中所有的爱都不是理所当然。

　　你会变得强大,懂得更多。在任何情况下,都可以保持优雅的微笑。你会懂得在这个世界上,最能取悦自己的,不是虚妄的鲜花和赞美,而是即使失败也能坦然面对一切的超然。

　　抽出时间,放空心灵,放飞被困住的梦想。

　　在路上,你会遇见动人的爱情,遇见张扬的青春,遇见绝美的风景,还有,最美丽的自己。

一个人说走就走
只为不辜负这世界的美好

总有那么一个人,
初次遇见,
却是你熟悉的、等待已久的模样……